).Luchterhand
new voices

DAPHNE PALASI ANDREADES

BROWN GIRLS

Roman

Aus dem amerikanischen Englisch
von Cornelius Reiber

Luchterhand

Für brown Girls überall
&
für Thad

Gebt mir eure Müden, eure Armen,
eure geknechteten Massen, die frei zu atmen begehren

– Emma Lazarus, »The New Colossus«

TEIL EINS

BROWN GIRLS

Wir leben im miesen Teil von Queens, New York, wo die Flugzeuge so tief fliegen, dass wir sicher sind, irgendwann zerschreddern sie uns. In unserem Viertel wächst ein einsamer Baum. Seine Äste verheddern sich in Stromleitungen. Seine Wurzeln brechen die Gehwege auf, über die wir mit unseren Rädern fahren, bis sie geklaut werden. Wurzeln, die die Betonplatten anheben und so uneben machen wie eine Reihe schiefer Zähne. In Vorgärten, nicht zu verwechseln mit richtigen Rasenflächen, spannen Großmütter Wäscheleinen, hängen Bettlaken auf, die Shorts unserer Brüder und unsere Sneaker, die so sauber geschrubbt sind, dass sie wie neu aussehen. *Nehmt die ab!*, zischen unsere Mütter. *Das ist hier nicht wie zu Hause.* In Vorgärten wachsen Tomatenpflanzen, die sich durch die harte Erde gekämpft haben.

Unsere Großmütter weigern sich, Gehstöcke zu benutzen. Unsere Brüder laufen in weißen Feinrippunterhemden rum. Wir sitzen draußen auf Backsteinveranden. Die italienischen Jungs mit ihren rasierten Köpfen rasen auf ihren Fahrrädern vorbei und starren rüber zu uns, ihr Lachen ist so schrill wie ihre Goldketten. Unsere Großeltern jäten Unkraut in ihren Gärten, und unsere Brüder rauchen ihre Zigaretten und mit der Zeit dann auch stärkeres Zeug, das wir nicht kennen. Der Geruch lässt uns das Blut in den Köpfen pulsieren. Unsere Brüder, auf Fahrrädern, deren Vorderräder sie hoch in die Luft reißen.

»BROWN«

Unsere Haut hat, wenn ihr es genau wissen wollt, die Farbe von 7-Eleven-Root-Beer. Die Farbe vom Sand am Rockaway Beach, von dem wir Blasen an den Fußsohlen bekommen. Die Farbe von Erde. Die Farbe der Kajalstifte, mit denen unsere Schwestern ihre Augen umranden. Die Farbe von gegrillten Hamburger-Patties. Die Farbe des dunkelsten Garns im Nähset unserer Mutter, das sie durchs Nadelöhr fädelt. Die Farbe von Erdnussbutter. Durch das seltsame Gen, das uns *hell und weiß wie Schnee* macht, so wie – Dings – Schneewittchen? Aber nicht falsch verstehen – wir sind schon noch brown. Dunkel wie die Dämmerung abends um sieben, wenn unsere Mütter das Licht in leeren Zimmern einschalten. Um dann zu rufen: *Ach, hier bist du!*

IM MIESEN TEIL VON QUEENS

Die Sehenswürdigkeiten unserer Stadt: die Haupt-
verkehrsstraße – von der *New York Post* »Boulevard
des Todes« getauft –, die sich wie eine lange graue
Zunge durch unser Viertel schlängelt. Mimi's Salon
mit der Werbung: MANI & PEDI, $15.99! MIT GRATIS
NACKENMASSAGE. Ein Stück den Boulevard runter,
gegenüber von der Autowerkstatt: eine Zweigstelle
der New York Public Library. Buchseiten verschmiert
mit Fingerabdrücken, einem Popel, Überresten eines
Niesers. In der Ecke schläft friedlich ein Obdachloser,
in seiner Festung aus Plastiktüten. Wir wissen, dass
er anders ist als der Typ, der gegen die Autoscheiben
klopft und fragt: »Mädchen, hast du'n paar Cent?«,
woraufhin unsere Eltern Gas geben. Willkommen ganz
unten in Queens: das White-Castle-Schild, das auftaucht, wenn unsere U-Bahn in die Station einfährt,
rumpelnde Gleise oberhalb eines Honda-Minivans,
einem Halal-Food-Wagen mit dem Namen RAFI
SMILES, bei dem es nach Frittieröl und Rauch riecht,
der zu einem vergessenen Elektronik-Discounter ab-
zieht, wo jetzt Matratzen verkauft werden. Der Zug
rattert über einem Mann dahin, der in einen Boston

Cream Donut beißt, die Puddingfüllung explodiert auf seine Fingerspitzen. Er leckt sie ab und wartet weiter auf den Q11-Bus. Die Pizzeria Ray's Not Your Mama's mit teigigen Stücken sizilianischer Pizza, deren Öl, orangerot wie Cheetos, uns am Kinn herunterläuft, wenn wir abbeißen. Soap'n Suds Waschsalon, voller stählerner, rumpelnd rotierender Maschinen. Ein chinesisch-mexikanischer Imbiss neben O'Malley's mit einem grünen Kunstrasenteppich vor der Tür, übersät von Kippenstummeln. Unsere eigenen Häuser: ordentliche Ziegelrechtecke. Versteckt, am Rand. Manchmal scheint hier die Sonne.

PFLICHTEN

Aber wir brown Girls sind schon zehn und wissen längst, was brav sein heißt. Wie man den Boulevard des Todes überquert, auf dem Weg zu Schulhöfen öffentlicher Schulen, an der Hand die kleinen Geschwister, wie man sie austrickst und besticht und überredet, ihre Hausaufgaben zu machen (*1 4 9 2*, leiern sie, *Kolumbus schipperte herbei*). Wie man tonlos *Psst!* macht, wenn unsere Väter nach langen Schichten auf der Couch eingeschlafen sind, und wie man die Wohnungen saugt, wo in den Teppichen Haare und Kekskrümel hängen. Wir wissen, wie man diese Dudelsacksauger die schummrigen Treppen hoch und runter wuchtet, auch wenn sie schwerer sind als wir selbst. Wir wissen, dass man nie widerspricht. Wir wissen, wie man sich in die Betten unserer Eltern quetscht, wenn Verwandte aus fernen Ländern und warmen Klimazonen mit ihren Koffern, Träumen und leeren Geldbörsen in die USA einwandern. Monate bleiben, Jahre.

Eine Tante manikürt uns jeden Sonntag die Hände. Eine andere spritzt uns kackfarbenes Henna auf die Handflächen, malt damit Lotusblumen. Eine Cousine lässt uns ihre Sammlung von Country-CDs hören, Dolly, Shania, die Dixie Chicks – ihr wertvollster Besitz. *Wide open spaces!*, singen wir mit. Eine andere Cousine leiht uns nach einigem Gebettel ihren Liebesschmöker, das Taschenbuch, das einsam auf ihrer Kommode steht. Das Cover war uns aufgefallen, eine Frau, die sich an die entblößte, muskulöse Brust eines Mannes schmiegt. Das Bild erregt uns. Wir stellen es nach, indem wir unsere Ventilatoren voll aufdrehen, um den Effekt im Wind wehender Haare zu erzeugen. Als Krönung des Ganzen legen wir unsere besten Herzschmerz-Gesichtsausdrücke auf. Bis es uns langweilig wird, so zu tun, als wären wir diese Frauen. Stattdessen streuen wir Salz auf Nacktschnecken.

Eines Abends nehmen uns unsere Eltern zur Seite. *Wenn euch jemand fragt: Wir sind die Einzigen, die hier wohnen, okay?*

Auch wenn wir es nicht ganz verstehen, wissen wir, wie man Familiengeheimnisse bewahrt.

Wenn unsere Cousinen und Cousins, Tanten und Onkel zu neuen Jobs in neuen Städten aufbrechen – als Kindermädchen und Bauarbeiter, Köchinnen und Krankenpfleger –, macht es uns traurig. Es spielt keine Rolle, dass wir keinen Tropfen Blut mit diesen Menschen gemeinsam haben; wir haben gelernt, sie zur Familie zu zählen. Wenn sie gehen, weinen wir nicht. Wir klammern uns nicht an sie. Wir sind brave Mädchen. Stattdessen bereiten wir uns auf Abschiedspartys vor, die die ganze Nacht dauern und damit enden, dass wir auf Sofas einschlafen und am nächsten Tag in Betten neben unseren jüngeren Geschwistern aufwachen. Wir wachen auf mit dem Geruch von Knoblauch und Lagerfeuerrauch, der noch in den Haaren hängt, mit Kuchenresten und Sabber an den Wangen. Egal.

Bevor diese Partys beginnen, müssen wir uns aber schön machen. Wir haben genau sieben Minuten Zeit im Badezimmer. Wir denken daran, unsere Haare mit kaltem Wasser zu waschen – *Beeil dich, ich muss los!* –, damit es voll und glänzend wird.

BHS

In Küchen, in denen es intensiv nach Knoblauch und Zwiebeln duftet, stehen brown Girls an Pfannen, schlagen braune Eier auf, verrühren und braten sie. Wir liegen wie Seesterne und völlig regungslos auf dem sonnenwarmen Beton in Hinterhöfen. Wir singen Mariah, Whitney, Destiny's Child, und geben uns Mühe, die Töne so zu treffen wie diese Sängerinnen mit brauner Haut. *Say my name, say my name,* trällern wir mit Beyoncé, Kelly, Michelle. In Schlafzimmern probieren wir BHs an, zur Übung. *Hier unter dem Brustkorb machst du ihn zu. Jetzt drehst du ihn wieder rum.* Einige von uns sind Expertinnen für BHs, weil wir unsere Mütter mit ihren schlaffen Brüsten und *Areolen* beobachtet haben, ein Wort, das wir gelernt haben, als wir gebannt die ausrangierten Pubertätsbücher unserer Schwestern lasen (*Celebrate Your Body!*). Als wir zum ersten Mal die Brüste unserer Mütter sehen, empfinden wir Abscheu und Faszination. Wir legen unsere Arme um unsere eigenen flachen Brüste, um sie zu verbergen. *Wenn du vier Kinder hast,* erklären uns unsere Mütter, *werden die so. Wirst du schon noch sehen.* Manche von uns sind Expertinnen, weil wir unsere Schwestern beobachtet haben. *Das hier ist ein T-Shirt-BH. Das hier ein Push-up. Der hier hat Träger, die sich am Rücken kreuzen. Der hier hat Spitze und ist nur für Partys.* Warum?, fragen wir. *Weil die Leute dich sonst für eine Schlampe halten – glaub mir.* Wir sind Expertinnen, weil wir durch den Türspalt gelinst haben, bis unsere Schwestern ihre Zimmertüren schlossen, Boyfriends im Schlepptau. Unsere Eltern sind weg und arbeiten ihre Zwölf- oder Vierzehn-Stunden-Schichten. *Psst!*, flüsterten uns unsere Schwestern zu, Finger an den Lippen.

Singende brown Girls, springende, sich drehende. Brown Girls, die aus voller Kehle Mariah mitgrölen, auf dem Schulhof kichern, Handball spielen, lästern.

SCHULKANTINE

Warum hältst du nicht einfach die Fresse, sagt
Joseph Justin O'Brien zu unserer Freundin Trish, *und
gehst zurück in die Sozialsiedlung, aus der du gekrochen bist?* Wir überlegen, ob wir die Sache selbst in
die Hand nehmen und Joseph Justin O'Brien verprügeln sollen, denn ob die Kantinenfrauen es *wirklich*
verstehen, wenn wir ihnen erklären, was er zu uns
gesagt hat? Ob es sie überhaupt interessiert? Letztendlich entscheiden wir uns gegen den Plan, weil A)
sowieso alle wissen, dass Joseph Justin O'Brien und
all seine Freunde Rassisten sind, dass sie *auf jeden
Fall* Mitglieder im KKK gewesen wären (aber mal im
Ernst: Gibt es den KKK noch?), und B) wir Angst davor haben, wie unsere Eltern reagieren, wenn wir in
der Schule Ärger bekommen. Wir stellen uns unsere
Bestrafungen vor: Gummipantoffeln auf Hintern,
Besenstiele auf Hintern, Gürtel auf Hintern, Hände,
die unsere Arme festhalten, gefolgt von gnadenlosen Schlägen auf unsere Hintern – und schon beim
Gedanken daran tut uns alles weh. Obwohl dieses
Arschloch, dieser *Schließmuskel* (noch so ein Wort,
das wir aus den Büchern unserer älteren Schwestern

haben) es wirklich verdient hätte, sagen wir zu Trish, die gar nicht in der Sozialsiedlung lebt. Stattdessen essen wir unsere Sandwiches mit Hähnchenfrikadellen, die bei 180 Grad in Industrieöfen gebraten und dann mit Ketchup serviert werden. Mittagessen, die die U.S.-Regierung der Stadt New York City zur Verfügung stellt, die gleichen Mahlzeiten, die es auch im Gefängnis gibt – hat uns unser Sozialkundelehrer Mr. DiMarco erklärt. Wir versprechen Trish, dass wir uns wann anders rächen werden. Aber zumindest nehmen wir noch den schlaffen Brokkoli von unseren Tabletts und werfen die Stücke Joseph Justin an seinen Schwabbelkopf. Volltreffer! Als wir das befriedigende Aufklatschgeräusch hören, gefolgt von Joseph Justins wütendem Geschrei, klatschen wir uns ab. Wir legen unsere Arme um Trish und jubeln.

Brown Girls, elf Jahre alt. Die weiße Milch trinken und am weißen Mittagstisch sitzen. Brown Girls, die einfach nur ihr Brown-Girl-Ding machen.

REISE NACH JERUSALEM

Unsere Lehrer rufen Nadira auf, gucken dabei aber Anjali an. Unsere Lehrerinnen sagen Michaela, *komm bitte nach vorne an die Tafel für Aufgabe drei und leg dein Heft vor*, und geben dann Naz den Whiteboardmarker. Wir stehen auf, wenn unsere Namen aufgerufen werden, und unsere Lehrer halten verwirrt inne. *Oh, entschuldige, ich … Nicht du, ich meinte nicht dich, ich …* Durchs Klassenzimmer werfen wir uns Blicke zu. Nadira ist Pakistanerin und trägt ein Kopftuch, das ihr elegant auf die Schultern fällt, außer wenn sie Handball spielt und den Stoff fest unterm Kinn zusammenknotet. Anjali ist Guyanerin, und ihr Zopf sieht aus wie ein dickes Seil, das schwer auf ihrem Rücken liegt, lockige Babyhaare, mit Kokosnussöl gebändigt. Michaela ist Haitianerin und ahmt im Schulbus gerne den französischen Akzent ihrer Eltern nach (Ba'ring den Müell rausel, sagt sie, während wir uns vor Lachen krümmen), und Naz' Familie stammt aus Côte d'Ivoire – wir sind also praktisch Cousinen, sagt sie zu Michaela. Unsere Lehrerinnen schnauzen Sophie an, sie soll *ENDLICH STILL SEIN*, nennen sie dabei aber Mae. Sophie, Filipina, hält sich ihre große Klappe zu – sie lästert gern und flirtet dauernd mit den Jungs, die wir »Spanier« nennen –, während Mae, Chinesin und immer höflich zu den Lehrern, zumindest im direkten Umgang, am Bücherregal aufschreckt, wo sie gerade heimlich die Romane umsortiert, um für Chaos im Englischunterricht zwei Stunden später zu sorgen. Wir lachen über unsere Lehrer, obwohl wir zugleich aus zusammengekniffenen Augen zu ihnen schauen. Die anderen in der Klasse brüllen vor Freude über diese Fehler und nennen uns den Rest der Woche absichtlich bei den falschen Namen. Sie nennen uns Khadija, Akanksha, Maribeth, Ximena, Breonna, Cherelle, Thanh, Yoon, Ellen. Sie nennen uns Josie, Rukhsana, Sonia, Odalis, Annabel, Kyra, Jenny, Cindy, Esther. In der Mittagspause geben wir unseren Lehrerinnen und Lehrern auch andere Namen: Vollpfosten, Arschloch, alte Bitch. Wir klauen einen Permanentmarker und kritzeln DOOF an ihre Klassenzimmertüren, gleich über die Poster mit der Aufschrift *Wissen. Weisheit. Disziplin.* Aus den Augenwinkeln beobachten wir uns gegenseitig, während wir mittags in der Kantine unsere Tabletts aus Styropor in der Hand halten, an Bushaltestellen warten und im Sportunterricht Dehnübungen machen, bei denen unsere Turnschuhe über den verschlissenen Boden rutschen. Denken: Ihr Körper ist nicht wie meiner nicht wie meiner nicht wie meiner. Und trotzdem.

AUFGABE: WAS WILLST DU WERDEN, WENN DU GROSS BIST?

Als Aufwärmübung fürs Schreiben notieren wir heute unsere Antworten in marmorierte Notizbücher:

- Der Chef von meiner Mutter, ein Banker, der bei Morgan Stanley arbeitet und dem sie zweimal pro Woche das Haus putzt. (Sie hat mich gestern heimlich mit reingenommen.)
- Vanessa Kleinberg, die sich morgens beim Treueschwur die Haare bürstet. Zwanzigmal auf der rechten Kopfseite und zwanzigmal auf der linken, während wir und der Rest der Klasse gebannt zusehen.
- Rihanna – ihre Moves sind cool as fuck, und sie hat denselben Hautton wie ich.
- Kinderärztin (MEINE Mutter sagt, ich kann alles werden. Eigentlich will sie aber einfach, dass ich Ärztin werde.) (Ana, HALT DIE KLAPPE, dafür kriegen wir Ärger!)
- Miss America (Oh. Mein. Gott. Zainab, dein Ernst? Mrs. Lester bringt dich *um*.)

- Miss Universe (Die letzten beiden waren Filipinas. Meine Onkel sagen, das ist der Beweis dafür, dass wir die A-LLER-SCHÖNSTEN Frauen der Welt sind!) (Tssss, als ob, Rosaria!)
- Scheiß auf Miss America UND Miss Universe! Ich will nicht irgendeine blöde Schönheitskönigin sein. Ich will richtig $$$CASH$$$ machen. Also in der *Bill-Gates-Liga*. Ka-ching! (Schon klar, aber du bist nicht halb so schlau, Natalie.)
- Ich will dasselbe machen wie mein Bruder. Was auch immer das ist. Neulich war er stinksauer auf mich, weil ich seinen Kapuzenpulli geklaut hatte – von hinten hat meine Mutter mich mit ihm verwechselt.
- Ich möchte Künstlerin werden. (Mein Vater sagt aber, Kunst ist nur ein Hobby. Er hat gesagt, ich soll was Praktisches machen. Buchhalterin werden, wie meine Cousine Bernice. Also werde ich wohl Buchhalterin.)
- Buchhalterin

BROWN BOYS

Wir starren die brown Boys an, mit ihrem tiefschwarzen Haar und ihren Wangenknochen, und denken: Der sieht aus wie mein Bruder. Er sieht aus wie der Junge aus dem Restaurant, in dem wir Kabobs, Lechón, Jerk Chicken, Kochbanane bestellt haben. Er sieht aus wie der Junge in der Bodega, der unsere Barbecue-Chips und unsere Eisteedosen für neunzig Cent abkassiert hat. Er ist schön, denken wir, aber wir würden uns nicht mit ihm *treffen*. Wir würden ihn nicht *daten*. Und warum? Weil er nicht aussieht wie – ihr wisst schon. Weil er aussieht wie … Außerdem mag er nur *solche* Mädchen, die Vanessa-Kleinberg-Typen, haben wir selbst gehört, wie er es gesagt hat. Wir starren brown Boys an, hören, wie sie *Bibi-othek* aussprechen. Sie faszinieren uns, aber wir ignorieren sie. Bis auf das eine Mal, als unsere Klasse einen Ausflug in die Bibliothek macht – Bib-li-o-thek, sprechen wir ihnen Silbe für Silbe vor, allein mit brown Boys hinter einem Bücherregal. Bibliothek. Guck auf meine Lippen. Und jetzt du.

ANDERE JUNGS

Wir schwören, dass wir uns verlieb– Psst!, sag es nicht, er hört dich, bist du doof, oder was? Hast du sie nicht mehr alle? Mein Gott! Goldenes Haar, Augen so blau wie der Himmel an einem wolkenlosen Tag, und vor allem die Haut so hell wie die Aufhellungscremes unserer Mütter. Wir himmeln sie an, die Jungs, die, wenn wir die Augen ein bisschen zusammenkneifen, den süßen Typen auf den Postern ähneln, die wir aus den Zeitschriften unserer Schwestern gerissen und in unseren Zimmern aufgehängt haben. Boyband-Jungs, Jungs mit Namen wie Aaron und Zack und Jake und Brad, Jungs mit Gesichtern wie auf den Werbeplakaten überall in der Queens Center Mall, bei Target und Kmart, Gesichter, bei denen wir stehen bleiben und von einem Bein aufs andere treten, wegen der Klebrigkeit, die wir plötzlich in unserer Unterwäsche spüren. Echte amerikanische Jungs. Der Typ ist TOLL, sagen wir zueinander. Weil er diese *Haare* und diese *Augen* hat! Seufz. Ich könnte ihn den *ganzen Tag lang* anstarren. Wir sehen aus der Ferne zu, wie diese white Boys Händchen halten mit den Jessicas und Katelyns und Claires aus unserer Klasse. Und träumen währenddessen davon, dass wir es sind, mit denen sie auf Papas Boot um Mitternacht zum Schwimmen rausfahren. Nur dass wir nicht schwimmen können. Brown Girls brown Girls brown Girls mit ihrer tiefen, unerschütterlichen Liebe für diese Jungs, die uns manchmal auch bemerken, meist aber nicht.

MÄDCHEN WIE IHR

Wir nehmen Busse, den 53er, den 22er, den 11er, die mit einem Ächzen an den Ampeln zum Stehen kommen. Lass uns in der Mall treffen! Wir sind dreizehn. Wir schlendern durch alle vier Etagen, kaufen aber kaum was. Einen korallenfarbenen Lipgloss, ein T-Shirt von dem Sale-Wühltisch, mit einem Adler drauf und einer amerikanischen Flagge, weil Gabbys Lieblingsfeiertag der Vierte Juli ist. Wir verprassen neun Dollar für Nagellack in zierlichen, glänzenden Fläschchen und mit Pigmenten, die unsere Nägel schimmern lassen. Im Food Court klauen wir uns gegenseitig die mit Ketchup in Zickzackspur gekrönten Pommes, kauen an schlaffen Quesadillas rum und schlürfen extragroße Orangenlimos. Wir gehen in eine Boutique mit Deckenstrahlern, die jeden Artikel des Ladens – die High Heels, in denen wir kaum laufen können, die Zirkonia-Halsketten, die Perlenpullis und Tüllkleider – glamourös erscheinen lassen. Wir drücken Kleidungsstücke, noch auf den Bügeln, an unsere Körper. Stylish, selbstbewusst – vielleicht könnten wir solche Mädchen sein. Wir lachen und stürzen in die Umkleidekabine. Leila probiert ein meerschaumgrünes Poloshirt an, stellt den steifen Kragen hoch, und wir taufen sie Miss Preppy. Wir stecken Aisha in ein fuchsiafarbenes Kleid, kreischen: Uuhhh, Hollywood-Glam!, und nennen sie eine Diva. Wir probieren ein schwarzes Kleid mit U-Ausschnitt und einer Fliege über dem Steißbein an, legen es aber gleich wieder weg – zu ernst, zu langweilig.

Wir werden durch ein Klopfen an der Tür unserer Umkleidekabine unterbrochen. Eine wütende Stimme, die behauptet, sie sei die Filialleiterin. *Was macht ihr Mädchen da drin?* Sie rüttelt am Türknauf. *Wehe, ihr klaut was!*, schreit sie. *Ich weiß, was Mädchen wie ihr anstellt!* (Mädchen wie wir?) *Kommt raus! Jetzt sofort!* Erschrocken versuchen wir, unsere Jeans wieder über die Beine zu streifen, die dringend mal Feuchtigkeitscreme bräuchten. Unsere Handtaschen hängen neben Spiegeln und sind lächerlich klein. In ihnen befindet sich nichts außer ein paar Münzen für die Busfahrten nach Hause, Handys, die wir von unseren Schwestern geerbt haben, und ein sorgfältig gefalteter Zwanzig-Dollar-Schein – unser hart verdientes Babysitting-Geld – fürs »Shopping«. Welche Klamotten hätten darin überhaupt Platz? Die Filialleiterin klopft wieder. *Aufmachen!*, schreit sie. Wir hören, wie ein Schlüssel ins Schloss gleitet. Die Tür schwingt auf.

Guckt sie euch an, diese brown Girls, dreizehnjährige Exemplare: feine dunkle Haare, die aus unrasierten und ungewachsten Achselhöhlen und Bikinizonen hervorsprießen, gezackte Dehnungsstreifen wie Blitze auf Bauch und Hüften, Arme, die in halb über den Kopf gezogenen T-Shirts stecken. So stehen sie da, in ihrer weißen Baumwollunterwäsche.

FAMILIENFEIERN

An Küchentischen voller Tischsets mit Fotos vom lang ersehnten Sommerurlaub in ORLANDO! servieren wir Tanten, Onkeln und Großeltern Kaffee, Tee und Nachschlag, während kleine Cousins und Cousinen zwischen unseren Beinen herumtollen. Den Kuchen schneiden, Getränke nachschenken. *Meine Güte, du bist ja eine richtige Frau geworden!*, sagen unsere Tanten. *Bleib so schlank, werd nicht so wie ich. Hast du zugenommen? Isst du genug? Deine Haare gefallen uns nicht*, sagen sie mit missbilligendem Blick, *warum hast du sie blond gefärbt? Nein, es steht dir schon, aber geh das nächste Mal zu dem anderen Friseur, der ist billiger.* Uns wird ganz schwindelig von ihren Ratschlägen, von ihrer – wie sagt man dazu? – Liebe.

Das Fest wird immer ausgelassener und unsere Familien immer berauschter vom Wein und dem Schwelgen in Erinnerungen. *Mein Bruder, du weißt schon, der Draufgänger? Als er siebzehn war, brachte er dieses Mädchen mit nach Hause, während unsere Eltern auf dem Feld waren. Drei Monate später war das Mädchen – da muss sie fünfzehn gewesen sein –*

schwanger, und die beiden planten ihre Hochzeit!
Eine andere Geschichte: *Ich hab die Erntezeit ge-
hasst. Mir taten die Schultern weh, weil ich mich
bücken musste, um diese winzigen Reiskörner zu
pflücken. Am Ende des Tages hab ich geweint und
geweint und zu meiner Großmutter gesagt: »Ich will
das NIE wieder machen!« Und sobald ich alt genug
war, bin ich weg aus der Provinz und in die Haupt-
stadt gezogen. Im Jahr darauf habe ich meine Großmutter beerdigt.*

Wir schleichen uns aus Häusern, die sich zu warm
und beengend anfühlen. Draußen atmen wir aus. Wir
sitzen auf Fahrradlenkern und Bordsteinkanten, während die Sonne satt-orange untergeht. Im Radio singt
Mariah: *Gimme your love.* Zehn-, fünfzehnmal singt
sie die Zeile. Weil wir nicht zurück ins Haus wollen,
laufen wir in der Gegend rum, an der Tankstelle vorbei, am Park, sehen uns die Häuser an, die immer
pompöser werden, mit Vorgärten voll dickstämmi-
ger Bäume, die lange Schatten werfen. Wo keine Wäscheleinen gespannt sind. Diese Häuser mit ihrer per-
fekten Symmetrie und Stille machen uns Angst. Wir
müssen an das Gelächter und Geschrei unserer Familien in überfüllten Küchen und Hinterhöfen denken.
Die Erde wird dunkler. Wir rennen nach Hause – vorbei am God Bless Deli 2, vorbei an dem schrottreifen
Mustang mit dem darunter rumschraubenden Mann,
vorbei an den italienischen Jungs auf ihren Veranden.

Die uns zurufen: *Ey, Schoooooene!,* als wir an ihnen vorbeirennen.

Schöne?, denken wir erschrocken. Seit wann sind wir schön?

OPTISCHE TÄUSCHUNGEN

Gib ihn mir – *gib* ihn mir! Doch nicht *so*, du Idiotin! So. Hier. Wir malen uns perfekte Augenbrauen, geschwungen und voll, aber nicht zu dunkel, wie die von Tante Luccia, deren tätowierte Brauen wie tintige, strenge Kaulquappen aussehen. Wir leihen uns die Tuben mit dem Abdeckstift unserer Schwestern und malen uns mit der dicken Paste schmalere, spitzere Nasen ins Gesicht. Wir tupfen uns golden schimmerndes Puder auf unsere Wangenknochen, wie wir es in YouTube-Videos, der Werbung im Fernsehen und in Zeitschriften gesehen haben. Hier, gib her. Ich hab gesagt: GIB JETZT HER! Macht ja nichts, dass unsere Nasen breit und flach bleiben, dass die Farben, die wir auf unsere Lider stäuben, nicht wie versprochen ein Strahlen in den Augen hervorzaubern; uns ist nicht klar, dass es sich um Farbtöne für Mädchen mit hellerer Haut handelt. Dennoch sind einige von uns völlig fasziniert davon, zu wem wir im Spiegel geworden sind. Wir befühlen unsere rosigen Wangen und unsere kugelrunden Augen. Andere von uns können die schwarze Schmiere auf unseren Wimpern nicht ausstehen. Wir sind nur hier, weil wir nichts verpassen wollen. Die Finger unserer Freundinnen flattern über unsere Haut. Wir genießen die Wärme ihrer Hände. Heimlich, in Schlafzimmern, die wir schon immer teilen mussten, schrauben wir Fläschchen auf, die wir bei Rite Aid, CVS und Walgreens gestohlen haben. Wir wollen nur mal ausprobieren. Wir wollen nur mal sehen. Wir schminken unsere Gesichter heller und heller. Bis wir die Farbe von Lilien haben. Oder Knochen. So, *jetzt* ist es gut. Schön.

LETZTER TAG

Versprechen uns, als wir die Uferpromenade bei unserer Schule entlangrennen, vorbei an Bagel Boy und O'Malley's Pub, über uns die tief fliegenden kreischenden Möwen, dass wir immer zusammenbleiben werden. Schlecken unser Eis, das unsere Lippen blau färbt: Blaue Lippen lachen, blaue Lippen singen Mariah (*Your love's so good, I don't wanna let go-o-o-o*), blaue Lippen gespitzt für ein Foto, cheese! Wir treten in den Schatten der anderen und wieder hervor und haken uns unter. Versprichst du, mich jeden Tag anzurufen?

Ab September gehen wir auf die High School. Einige unserer Schulen liegen in den schickeren Ecken unseres Stadtteils – Ecken, die die Leute *tatsächlich* meinen, wenn sie an »Queens« denken, weit entfernt von dem miesen Teil, wo wir leben. Andere von uns gehen nach Brooklyn, Manhattan oder in die Bronx. Wir haben unsere Bewerbungen für High Schools abgeschickt, haben die Schulen, auf die wir gern gehen würden, in einer Rangliste von eins bis zwölf aufgeführt, haben uns monatelang auf Tests vorbereitet und die stadtweiten Zulassungsprüfungen abgelegt, um einen Platz an einer der acht öffentlichen Eliteschulen für besonders Begabte zu ergattern. Wir waren bei Auswahlgesprächen und haben vorgesprochen, haben Instrumente und Arbeitsmappen in Gegenden der fünf New Yorker Bezirke geschleppt, in denen wir nie zuvor waren. Wir wurden bewertet, benotet und beurteilt. Wir sind dreizehn, als wir all das tun, und üben uns bereits im Wettbewerbsdenken der Stadt, die Niemals Schläft. Unser Zuhause. Es ist ein Auswahlverfahren, das unsere Eltern, die nicht hier aufgewachsen sind, kaum nachvollziehen können. Aber sie lassen uns machen. Schließlich haben unsere Eltern das Mantra *Bildung ist der einzige Weg zum Erfolg* aus dem Land ihrer Vorfahren in dieses angebliche Land der unbegrenzten Möglichkeiten mitgebracht. Also fahren wir mit der U-Bahn in unbekannte Stadtteile. Wir gehen allein, aber beschwingt, aufgeregt und voller Aufbruchsgeist.

Die zielstrebigsten und unbeirrbarsten von uns sind an High Schools in Manhattan angenommen worden: Stuyvesant, Hunter, Beacon und ähnliche. Wir sind die, die bei jeder Busfahrt nach Hause die Skyline von Manhattan auf der anderen Seite der Bucht bestaunt haben, sich nach Abenteuern gesehnt haben, oder nach Glamour, oder dem Entkommen aus unserem Viertel, oder allem zugleich. *Warum müsst ihr so weit weggehen?*, haben einige unserer Liebsten gefragt. Andere von uns, pragmatisch und geradlinig, haben sich für High Schools in Queens entschieden. Townsend, Forest Hills, Cardozo, Francis Lewis, Adams. Warum alles verkomplizieren? Wir sind die, die nie wegwollten aus diesen Straßen, und vom Geruch des Ozeans. Wir mögen die Vertrautheit unseres Stadtteils, sind froh und erleichtert, mit unseren besten Freundinnen in einer Klasse zu sein. Denn wer will schon mit einem Haufen eingebildeter Idioten aus Manhattan zur Schule gehen?

Aber jetzt, während wir die Strandpromenade hinunterrasen und zwei Monate Sommerferien vor uns liegen, spielt die Zukunft keine Rolle. An den schwülen Julitagen liegen wir am Rockaway Beach und schlendern durchs Museum of Natural History – klar, die Dinosaurierknochen sind auch ganz geil, aber vor allem ist das Museum klimatisiert und der Eintritt *auf Spendenbasis,* was in unseren vierzehnjährigen Ohren *kostenlos* bedeutet. Wir gehen zum AMC am Times Square und kaufen pro Person eine Eintrittskarte, mit der wir uns dann noch in drei weitere Filme schleichen. Wir stopfen uns Sour-Patch-Kids-Fruchtgummis und Raisinet-Schokorosinen rein, während sich Außerirdische aus dem All in Autos verwandeln, ein Detektiv in die Träume der Menschen eindringt und wir uns das zehnte Remake eines Superheldenfilms ansehen, in dem der Held aus Queens stammt, wie wir. Wir bewerfen die IMAX-Leinwände und uns gegenseitig mit Popcorn. Die buttrigen Stückchen knirschen zwischen unseren Zähnen.

In einer stickigen Augustnacht treffen wir uns bei Gabby und singen bei ihr im Keller Karaoke. Gabbys Familie besitzt eine Anlage, zu der auch ein Mikrofon, getränkt mit der Spucke unendlich vieler leidenschaftlicher Sängerinnen und Sänger, und ein Songbuch mit wächsernen beigen Seiten gehören. Gabby hat die schönste Stimme von uns allen, führt sie aber nie vor, obwohl wir darum betteln. Gemeinsam singen wir Britney, Christina, die Spice Girls und sogar Abba und Céline Dion, deren Songs wir von unseren Müttern und Tanten gelernt haben. *Dancing Queen! Young and sweet, only se-ven-teeeeen,* schreien wir. Als Gabbys älterer Bruder die Treppe runtergetrampelt kommt, um Stücke von der Salamipizza abzubekommen, die wir bestellt haben, werden wir in seiner Gegenwart schüchtern. Als er aber den Mund aufmacht und sagt, *Ihr klingt wie ein Rudel Hyänen,* schmeißen wir ihn raus. Wir singen weiter Abba, lassen zu, dass wir uns in unsere Mütter verwandeln. *Dancing Queen! Feel the beat FROM. THE. TAMBOURIIIIIINE!* Wir verbringen den Sommer größtenteils damit, gemeinsam Straßen unserer Stadt zu erkunden, und machen immer wieder Pausen für Snacks, aufgeschnittene Mangos, sonnengelb und verpackt in Gefrierbeuteln, und gezuckerte Churros, die sich in unsere Geschmacksknospen bohren, von Karren herab verkauft von Frauen, die ebenfalls brown sind und deren freundliche Gesichter denen unserer Tanten ähneln.

41

Juli, August und Anfang September vergehen auf diese Weise, und wir sind glücklich, dass wir beieinander sind. *Oh, you look so goo-o-o-d*, singen wir, *I don't wanna let go!*

Zwei Tage vor dem ersten Schultag an der High School wälzen sich einige von uns, die auf Schulen außerhalb des miesen Teils von Queens gehen werden, schlaflos in ihren Betten. Worte, die wir zu vergessen versucht haben, kommen uns wieder in den Sinn.

Ist diese Gegend nicht gut genug für dich, Michelle, Amalia, Sabina?

Du hältst dich wohl für was Besseres, Leah, Eun?

Wir kneifen unsere Augen fester zu, beten um Schlaf, um diese Stimmen zum Verstummen zu bringen. Wir scheitern.

Besserwisserin. Arrogante Ziege.

Und erwarte ja keinen müden Cent von mir,

hatten einige unserer Mütter gesagt. Wir haben uns dann auf die Zunge gebissen, weil wir wussten, dass es sinnlos wäre, dagegen zu argumentieren. Solche Streits lehren uns, dass es besser ist, sich zurückzuziehen und die eigenen Gedanken für sich zu behalten.

Die Aufbrausenden unter uns jedoch riefen zurück: ICH WILL NICHT FÜR IMMER HIER FESTSITZEN!, und zeigten dabei auf die fettigen Küchenherde, die verblichenen Sofas, die verstaubten Plastikpflanzen und die Porzellanteller, die nur bei besonderen Anlässen (also nie) benutzt werden. Häuser – versteckt, am Rand –, für die unsere Eltern so hart gearbeitet haben.

Kaum hatten wir die Worte ausgesprochen, bekamen wir Ohrfeigen. Unsere Wangen brannten. Aber bevor unsere Mütter einen weiteren Schlag landen konnten, drehten wir uns weg.

Weil wir diese Erinnerungen nicht aus dem Kopf bekommen, stehen wir auf. Die Anzeige vom Wecker zeigt 00:38 Uhr an.

Was, wenn sie recht haben?, denken wir. Warum so weit weggehen, weg von hier? Noch können wir uns vermutlich umentscheiden. Wir reiben uns den Schlaf aus den Augen, rufen uns an. Bist du wach?, flüstern wir.

Jetzt schon, murmeln unsere Freundinnen – Desiree, Ruth, Victoria. Was ist los?

Können wir uns bei Dunkin' in fünfzehn treffen?, sagen wir.

Sie machen eine Pause. Seufzen. Ja, okay.

Wir werfen uns Jacken über unsere nicht zusammenpassenden Schlafanzüge, schlüpfen mit besockten Füßen rasch in Turnschuhe. Wir schließen die Haustür, langsam, ganz langsam, damit sie kein Geräusch

43

macht. Wir huschen sechs Blocks, elf Minuten, auf das Dunkin'-Donuts-Schild zu, das in der Ferne wie ein neonfarbener Polarstern leuchtet. Unsere Freundinnen kommen zehn Minuten später.

Was zur Hölle hat so lange gedauert?, zischen wir.

Sorry! Ich hätte fast meine kleine Schwester geweckt, und meine Oma war wach und hat im Bad gebetet.

Wir kaufen unseren Freundinnen einen Cruller, einen glasierten, einen Donut mit Vanilleglasur und Regenbogenstreuseln, eine heiße Schokolade. Scheiße, sagen unsere Freundinnen, das ist mein gestört neugieriger Cousin an der Kasse. Stell dich mal vor mich! Wir setzen uns ganz in die Ecke. Schauen nach draußen und sehen den Vollmond. Wir wenden ihnen wieder das Gesicht zu, über klebrige Tische hinweg. Wie können sich Gesichter so sehr verändern, aber so unverändert sein?, fragen wir uns. Unsere Freundinnen haben sich entschieden, in Queens zu bleiben, ihre Schulen sind dreißig Minuten mit dem Bus entfernt.

Wir erklären alles: die verletzenden Worte unserer Familien, die Ohrfeigen, die wir bekommen haben, egal, ob wir geschwiegen oder aufbegehrt haben, die Vorwürfe wie: *Du hältst dich wohl für was Besseres*, die sich in unseren Köpfen festsetzen und zu Zweifeln anwachsen.

Was, wenn wir es nicht packen?, sagen wir. Wenn unsere Familien richtigliegen mit ihrer Einschätzung von uns? Was, wenn wir uns übernehmen? Was, wenn …

Mein Gott!, unterbrechen sie uns. Lass dir doch nichts einreden. Du machst das mit links. Ganz sicher.

Bei diesen letzten zwei Worten werden wir still. Wir beißen in den glasierten, frittierten Teig. Wir wischen unsere Münder mit den dünnen Papierservietten ab.

Wir laufen zusammen den Boulevard des Todes hinunter. Wir kommen an der Exxon vorbei, an der Apotheke, an zwei Pizzerien. Wir kommen zu dem Block, wo sich unsere Wege trennen. Wir umarmen uns fest und sagen: Schick mir eine SMS, wenn du zu Hause bist.

TEIL ZWEI

WESTLICHE EPISTEMOLOGIE

Wir sitzen in den Klassenräumen von High Schools, der Sorte staatlicher Schulen in New York City, an denen am Eingang Metallschleusen stehen und amerikanische Flaggen gehisst sind. Wo in den Mittagspausen fremde Männer an Maschendrahtzäunen rumhängen und rufen: *Ssss! Du! Hey, du! Komm mal her. Ich will dir was sagen.* Als wir begreifen, dass sie uns meinen, rühren wir uns nicht von der Stelle, auch wenn sich uns der Magen umdreht vor Angst, Ekel und Selbstverachtung. Wir haben Geschichten von unseren Schwestern und Cousinen gehört, haben Berichte in den Abendnachrichten gesehen, Schlagzeilen und Artikel gelesen, sind von unseren Müttern gewarnt worden, vor Männern, die Mädchen anlocken, sich Mädchen aufdrängen, Mädchen vergewaltigen, Mädchen verstümmeln, Mädchen – jetzt tote Mädchen – in Koffern am Straßenrand oder in Müllcontainern zurücklassen, wo sie dann von irgendjemandem oder niemandem gefunden werden, Männer, die Mädchen versklaven und jahrelang gefangen halten, Mädchen, deren Familien nicht wissen, ob sie am Leben sind oder tot. *Drei Frauen im »Haus des Schreckens«*   49 *entdeckt … Leiche einer vermissten Frau aus Queens im East River gefunden …* Neben diesen eindeutigen Taten haben wir von Männern gehört, die sich auf andere, subtilere Weise an Mädchen vergreifen.

Erst letzte Woche kamen unsere Cousinen Yasmin, Shauna, Nancy, Carmen, Tamika, Rebekah und Bernadette, auch bekannt als Bee, mit blassen Gesichtern nach Hause und erzählten es ihren Müttern, die es wiederum unseren Müttern erzählten, die ihre Geschichten an uns weitergaben: Unsere Cousinen erzählten, wie ihnen fremde Männer nach der Schule und in überfüllten U-Bahnen folgten. Wie sie ihre Hände, ohne unsere Cousinen dabei anzusehen, auf ihre Oberschenkel und Pos legten. Wie sie ihre Hosen aufmachten. Wie sich unsere Cousinen, kurz vorm Würgereiz, zur Tür vorkämpften, um aus dem Zug zu kommen. Wie sie sich umdrehten, um in die Gesichter dieser Männer zu blicken – ist das wirklich gerade passiert? –, und dann ihr Gelächter hörten. Wie dieses Geräusch in den Ohren unserer Cousinen nachgehallt haben muss, als sie ab da einen anderen Weg nach Hause nahmen. Deshalb bleiben einige von uns stumm und starr stehen, sagen nichts zu diesen Männern, die an Schulhofzäunen rumhängen, um sie ja nicht wütend zu machen. Unsichtbarkeit wird uns schützen, so glauben wir zumindest. Aber andere von uns, zornig und des Schweigens müde, werfen Getränkedosen und Alufolien mit Ketchupklecksen und fettige, leere Salt-and-Vinegar-Chips-Tüten nach ihnen. Orange Flüssigkeit fliegt im hohen Bogen durch die Luft und trifft spritzend auf die Maschendrahtzäune. PERVERSES SCHWEIN!, schreien wir aus vollem Hals. Zeigen diesen Männern den Mittelfinger. Sehen, wie sie davonwieseln. Aber unsere Wut siegt nicht über das Gefühl der Erniedrigung und Angst, das wir nie loswerden, egal, wie sehr wir uns bemühen. Viele von uns beißen aber nur die Zähne zusammen und wenden sich ab. Wir unterhalten uns weiter mit unseren Freundinnen, Chanelle, Deepika, Ronnie, Lina. Am kommenden Wochenende gibt es eine Party. *Sssss! Du! Hey, du!*, rufen einige Männer weiter. Alter!, sagen wir und rollen mit den Augen. Das Arschloch lässt nicht locker.

Einige von uns kommen in den Englischkurs für Fortgeschrittene, wo wir neue Wörter lernen, und was für welche, Wörter wie *Westliche Epistemologie* und *Der westliche Kanon*, *Der Höhepunkt der Zivilisation*, und so weiter und so fort. Aber was genau ist der Westen? Sind wir der Westen? Ist der Westen in uns? Wir lesen Campbells *Heldenreise*, lernen über die griechischen Götter und die mythologischen männlichen Gottheiten, die sich in Tiere – einen weißen Stier, einen Schwan – verwandeln, um sich durch List und Manipulation und, wenn diese Methoden versagen, mit Gewalt zu nehmen, was sie begehren.

(In unseren Albträumen stoßen wir auf Koffer, die auf unerklärliche Weise rumpeln. Wir nähern uns, verwirrt. Machen ihren Reißverschluss auf. Sie öffnen sich wie in zwei Hälften gespaltene Körper. Der Inhalt: ein Schwan, dessen eleganter Hals gebrochen ist, der eine kaputte Flügel schlägt noch auf und ab. Als wir aufwachen, erinnern wir uns nicht mehr an unsere Träume.)

Am nächsten Tag machen wir uns im Englischunterricht sorgfältig Notizen über Homer, Platon, Sophokles, Milton und Dante. Wir erfahren von Ikarus, der der Sonne zu nahe kam. Wir lesen Shakespeares Sonette, in denen er seine »dunkle Dame« besingt. *Die Augen meiner Geliebten sind nicht wie die Sonne.* Wir fragen uns: Aber sah sie aus wie wir? War sie so dunkel wie wir? Ach komm, ich bitte dich …

Wir sehen nicht aus wie irgendjemand in diesen Büchern. Und niemand sieht aus wie wir.

KUNST

Einige von uns (unter anderen zum Beispiel: Zainab, Nadine, Eva, Danielle, Odalis, Ellen, Sophie und Aiza) machen sich von zu Hause aus – versteckt, am Rand – auf den Weg zum Lincoln Square, wo wir jeden Tag an den anmutigen Steingebäuden des New York City Ballet, der Philharmonie, der Met und der Juilliard School vorbeischlurfen, um zur ersten Unterrichtsstunde um 8:05 Uhr da zu sein. Unsere staatliche High School ist bekannt für bildende und darstellende Künste und berüchtigt für ihre dreistündigen Vorspiele bei den Aufnahmeprüfungen, auf die wir uns monatelang, vielleicht schon jahrelang unwissentlich vorbereitet haben. Wir haben im Kirchenchor gesungen, dreimal wöchentlich Ballettunterricht im YMCA genommen und jeden Tag nach der Schule an kostenlosen Kunstkursen teilgenommen.

Jetzt spezialisieren wir uns auf Musik, Tanz, Schauspiel, bildende Kunst, sogar Theatertechnik. Jeden Tag verbringen wir mindestens vier Stunden – also insgesamt zwanzig Stunden pro Woche, achtzig Stunden pro Monat, siebenhundertzwanzig Stunden pro Jahr und zweitausendachthundertachtzig Stunden im

Laufe von vier Jahren – im Musik- und Kunstunterricht. Der Unterricht im Studio für Fortgeschrittene umfasst: Jazz-Improvisation, Stanislawski-Technik, Moderner Tanz, Ölmalerei, Anatomie und Aktzeichnen, Videoproduktion. Alles cool, aber außerhalb des Unterrichts bedeutet es auch, dass wir vier Jahre unseres Lebens damit verbringen, die Augen zu verdrehen, über Tanzschüler, die Pirouetten auf Mensatischen drehen, Schauspielschülerinnen, die einen Monolog aufsagen, bevor sie eine Frage im Mathekurs beantworten, und Jungs mit Leistungskurs Instrumentalmusik, die ins Klassenzimmer gestürmt kommen und dabei das Intro von »Careless Whisper« von George Michael auf ihrem Saxofon spielen. *I'm never gonna dance again! Guilty feet have got no rhythm!* Obwohl uns Letzteres eigentlich nicht stört; wir brechen in Gelächter aus und machen uns fast in die Hose, wenn unsere Mitschülerinnen anfangen, mit den Hüften zu kreisen. Wir sind fünfzehn und lernen die Verläufe der U-Bahn-Linien auswendig, als wären sie Adern in unseren Körpern.

In der Schule lernen wir Dinge, von denen wir sicher sind, dass unsere Eltern sie nicht wissen, nie die Zeit hatten, sie zu lernen. Wir nehmen zum Beispiel die berühmten Künstler der Renaissance durch. Michelangelo, Botticelli und Raphael, sagen wir auf. Wir schreiben Details über Skulpturen, Fresken und Kathedralen mit, während wir in abgedunkelten Räumen im Kunstgeschichtsunterricht sitzen. Hören den hundert Jahre alten Diaprojektoren zu, wie sie bei jedem Weiterdrehen ein schläfriges *Klick-Klack* von sich geben. Wir zeichnen Selbstporträts mit Kohle, die unsere Fingerspitzen für den Rest der Woche färbt, oder entscheiden uns stattdessen für unsere 4B-Lieblingsbleistifte – wir lieben es, wenn das Grafit auf dem Papier dahinschmilzt wie Butter in einer heißen Pfanne. Wir schließen uns unseren Mitschülern und Lehrern an, um auf den üblichen, nervenden Märschen durch riesige Kunstateliers die Arbeit jedes Einzelnen zu begutachten. Wenn unsere Lehrer bei unseren Porträts stehen bleiben, kommentieren sie: *Was für ein Blick*, und wir beobachten, wie unsere Mitschülerinnen zustimmend nicken. Wir genießen ihre Anerkennung.

Einige von uns haben Gesang als Hauptfach, und wir bereiten uns auf das Singen französischer und italienischer Arien vor, indem wir unsere Kehlköpfe aufwärmen. *La la la LA la la laaaa!* Wechseln sanft von einer Tonart zur nächsten, höher und höher. Wir sind Sopranistinnen, Altistinnen, Primadonnen in Ausbildung. *Öffne den Mund so*, sagen unsere Lehrerinnen. Pflichtbewusst ändern wir die Zungenposition. Selbst beim Gesang beherrschen wir die Sprache unserer Kolonisatoren. Unser Englisch: tadellos. Unsere Muttersprachen, wenn wir sie überhaupt gelernt haben, werden zu verkümmerten Muskeln, vage erinnerten Melodien.

Unsere Eltern, die sich nicht für Kunst – also richtige Kunst – oder *das Streben nach Schönheit* interessieren, so vermuten wir zumindest, sagen, wenn wir von unserem Tag erzählen: *Das haben wir jetzt nicht verstanden, kannst du es noch mal langsamer erklären?* Und wenn wir die Verwirrung in ihren Augen sehen, fühlen wir uns stark. Furchtlos. Gemein.

NACHT

Brown Girls brown Girls brown Girls, die sich aus Kellertüren schleichen und in Autos steigen, die mit laufendem Motor an der Straßenecke auf sie warten. Ruchi, Thanh, Victoria, Carmen, schiebt eure Ärsche jetzt hier rein! Mist, Eva, dein Mantel steckt in der Tür fest. Gib Gas, Trish, in Sabinas Haus ging grade das Licht an! Mal im Ernst, Rose, ich check nicht, *wie* du dir im Dunkeln ohne Spiegel die Lippen schminken kannst. Übung, sagt Rose grinsend. Tssssss, whatever, sagen wir.

Wir fahren zu Partys in Vierteln, in denen die ganze Nacht Musik aus Boxen dröhnt, und hören zu, wie der Reggae-Sänger (Beenie Man? - Neeeeein, das ist Tanto Metro and Devonte!, keift Felicia) jault: *Everyone fa-a-a-ll in love sometime ...* Wo aus einem Bier zwei und dann fünf werden, das auf Schuhe von Nike und Steve Madden spritzt. Wir hatten das Ersparte vom Babysitten und den Nachhilfestunden zusammengekratzt, unsere Gewinne aus dem heimlichen Verkauf von Cupcakes in der Schule, um sie uns leisten zu können. Wir sind sechzehn. Die Augen von brown Boys wandern über unsere Körper. Manche von uns tun so, als merkten sie es nicht, hoffen aber, dass sie uns bald ansprechen. Andere von uns richten sich auf und starren zurück, unerschrocken. Das – unsere Schönheit – ist die Macht, die wir haben. Oder zu haben glauben. Die mutigeren Jungs reagieren, und sagen, *Du siehst so krass gut aus.* Wir lächeln, küssen sie auf Vortreppen, während es schneit. Wir lassen sie unsere Hand halten, während sie mit uns um den Block fahren, vorbei am Dunkin' Donuts, am Dollar Tree, an der Mobil-Tankstelle. Wenn sie parken, setzen wir uns auf ihren Schoß, und wenn wir ihre Lust spüren, in der prallen Enge ihrer Jeans, machen wir Rückzieher. Denkst du, ich bin so leicht zu haben?, sagen wir. Oder wir flüstern: Nicht hier. Nicht jetzt.

Einige von uns sind tatsächlich so leicht zu haben. Leichter, als wir dachten. Das ist ein Schock für uns – bedeutet das, dass wir jetzt *solche* Mädchen sind? Wir machen unsere BHs wieder zu. Aber andere von uns zucken mit den Schultern, ohne Schuldgefühle. Whatever, denken wir, und fragen danach: Wollen wir Pommes essen gehen, oder Eis? Wir alle spüren eine neue Art von Hunger, der sich in unseren Mägen ausbreitet. Wir haben Sex in ungemachten Betten, auf Sofas, auf Fußböden. (Wie hat es sich angefühlt? Hat es wehgetan? War es gut? Hatte er einen großen –? Einige von uns antworten: Keine Ahnung, ob er einen großen Schwanz hatte, wir haben nicht gefickt. Aber ich kann dir sagen, dass sie *unfassbar* gerochen hat, nach Zimtschnecken! – Oah krass, kreischen unsere Freundinnen) Danach liegen wir nackt da und hören Radio. Aaliyah singt: *Boy, I been watching you like a hawk in the sky that fly but you were my prey.* Wenn uns kühl wird, ziehen wir uns nur einen Pulli über. Andere von uns gestehen unseren Freundinnen die Wahrheit: Wir hatten gar keinen Sex. Mit mehr als Händchenhalten hätte ich mich nicht wohlgefühlt.

Man stelle sich vor: brown plus brown gleich brown. Brown plus brown gleich nie wieder. Manchmal gleich: Sag Bescheid, wenn du mal in der Gegend bist. Gleich: nur dich. Gleich: Bring mich nach Hause, ich muss nach Hause.

(*Tell me, are you that somebody?*, fragt Aaliyah.)

Wir denken nicht darüber nach, was unsere Eltern wohl täten, wenn sie uns erwischen würden. Wir glauben, dass sie es nicht werden. Sie sind zu beschäftigt, zu erschöpft, um es mitzubekommen. Wir werden darum furchtloser, wild und zu versierten Lügnerinnen. (Einige unserer Eltern entdecken jedoch irgendwann unsere leeren Betten, mit unter der Decke hindrapierten Kissen, die unsere schlafenden Körper mimen sollen. Sie stauchen uns am nächsten Tag zusammen und starren uns einen Monat lang böse an. Manche drohen uns, dass sie unsere Fenster vergittern oder uns nach Indien, auf die Philippinen, nach Mexiko, Jamaika, Ghana oder in die Dominikanische Republik zurückschicken. Einige bluffen nur, andere meinen es ernst.)   59

(Andere von uns hingegen schleichen, wenn wir nach Hause kommen, leise die Treppen rauf. Und werden von Stimmen in der Dunkelheit begrüßt. Woraufhin wir markerschütternde Schreie ausstoßen – überzeugt, dass wir es mit Geistern zu tun haben. Bis wir den Frauen, die uns geboren haben, gegenüberstehen. *Wo warst du?*, fragen sie uns ganz ruhig. Eine andere Mutter geht, als sie bemerkt, dass wir weg sind, einfach ins Bett und erwähnt es am nächsten Tag nicht. Oder jemals. Sie ist die Mutter, die bereits Antworten auf Fragen kennt, die sie nicht mehr zu stellen braucht.)

Wir bleiben weg, bis sich über den Dächern die Sonne erhebt, bis wir zu unseren Freunden sagen: Wir müssen jetzt nach Hause, JETZT!

Vor Haustüren durchwühlen wir unsere Handtaschen: Scheiße! Ernsthaft jetzt?, und flehen unsere Geschwister um Hilfe an – bitte, nur dieses eine Mal! –, weil wir in der Eile unsere Schlüssel vergessen haben.

BROWN BOYS

Wir lieben ihre wuscheligen Haare, die Afro-Kämme behausen, ihre Haare, die so glatt und weich sind wie Seide, ihre Haare, die so dicht sind, dass unsere Finger stecken bleiben, ihre Haare, die von der Wurzel aus ganz zahm zu wachsen scheinen, bis die Strähnen seitlich vom Kopf abstehen wie Stachelschweinstacheln, worüber wir kichern müssen. Wir umarmen Jae, Malcolm, Sameer, David, Liang, Miguel, Juan, Feng, Jesse und Omar – um nur einige zu nennen – von hinten. Auf Zehenspitzen stehend fahren wir mit unseren Zungen über die sorgfältig von Friseuren ausrasierten Blitze auf ihrer Kopfhaut, die knapp über den Ohren spitz zulaufen. Brown Boys bekommen kurz Gänsehaut und sagen: *Hör auf damit, du Spinnerin.* Sie lachen. Brown Boys, die uns selbst wie leibhaftige Blitze erscheinen: Blitze von atemberaubender Schönheit, die uns zugleich zum Leuchten bringen und zerstören können. Die uns versengt und betäubt zurücklassen. (Wusstest du, sagen wir zu ihnen, dass die Wahrscheinlichkeit, dass ein Mensch *zweimal* vom Blitz getroffen wird, doppelt so hoch ist wie die, im Lotto zu gewinnen? Wie groß ist aber die Wahrscheinlichkeit, fragen wir uns, während wir neben brown Boys herlaufen, im Lotto zu gewinnen *und* vom Blitz getroffen zu werden?)

Brown Boys winden ihre Körper um Baugerüste, springen hoch, um an dem Gestänge Klimmzüge zu machen, und wir verdrehen die Augen. Angeber, murmeln wir (obwohl wir ihnen wahnsinnig gerne dabei zusehen). Brown Boys streichen mit den Fingerspitzen über kühle Steinmauern im Central Park, bevor sie zu einem lässigen Rückwärtssalto ansetzen – die Schwerkraft setzt ihnen keine Grenzen. Brown Boys tanzen Breakdance, wirbeln und drehen sich an der Brooklyn Bridge. Touristen werfen Dollarscheine in die Hüte der brown Boys. Brown Boys warten vor U-Bahn-Stationen auf uns, mit riesigen Kopfhörern auf den Ohren und in Baggy Jeans. Wir begrüßen sie mit einem Kuss. Wenn sie in einer besonders kitschigen Stimmung sind, sagen sie: *Ich hab was für dich*, und überreichen uns eine einzelne langstielige Rose.

Heute haben wir uns im Prospect Park verabredet. Wir treffen sie auf der Seite des Parks an der Flatbush Avenue, holen uns jamaikanische Beef Patties und verschlingen sie vor unserem Spaziergang. Wir wischen uns die Krümel vom Kinn. Wir schlendern auf den angelegten Wegen durch den Park, ohne bestimmtes Ziel. Wir sehen zwischen den vereinzelten Grasbüscheln die Verpackungen von Süßigkeiten und leere Soft-Drink-Flaschen mit bescheuerten Namen wie West Indian Queen. Irgendwann gehen die staubigen

Grasflächen in ordentliche Reihen von Petunien über. Wir sehen weiße Frauen an uns vorüberjoggen, ihre Terrier springen neben ihnen her. Stattliche Brownstones und Cafés säumen den Park. Wir sehen hier weit und breit kein bisschen Müll. Wir schließen daraus, dass wir jetzt auf der »sicheren« Seite des Parks sind. Eine weiße Frau presst, als sie an uns vorbeigeht, ihre Handtasche fester an ihre fleischige Hüfte. Wir nehmen die Hände unserer brown Boys, spüren ihre Wärme. Wir blicken geradeaus und hören halb zu, als sie uns auf einen Adler hinweisen. Und hören die Frau murmeln: *Gott sei Dank bleiben sie unter ihresgleichen.*

EURESGLEICHEN

Wir sind keine Rassisten, sagen unsere Eltern. Aber was dann, fragen wir? *Wir wollen einfach nur nicht, dass du mit* solchen *Jungs zusammen bist.* Was für welchen Jungs?, fragen wir, wollen, dass sie es genau benennen, auch wenn wir natürlich längst wissen, wen sie mit »solche« Jungs meinen. Darauf bekommen wir keine Antwort von unseren Eltern, also versuchen wir es anders. Warum können wir uns nicht mit denen treffen?, fragen wir. *Na ja, es wäre halt das Beste, wenn du dich mit deinesgleichen treffen würdest.* Oder sie sagen: *Wenn du dich nicht mit deinesgleichen treffen würdest.* (Was?) *Sie sind nicht treu – sieh dir doch bloß Tante Mia und Edith und Tasha an, deren Männer sich eine zweite Frau hinter ihrem Rücken genommen haben. Sieh dir doch Tante Charlene und Virginia und Sadya an – weißt du noch, wie deren Ehen endeten?* (Und unsere eigenen Väter?, wollen wir fragen, beißen uns aber auf die Zunge.) *Denk an deine Cousinen Myra, Jade und Cristina. Nach nur zwei Jahren haben die sich scheiden lassen! Diese Männer*, sagen unsere Familien, *sind aggressiv. Sie trinken zu viel und verspielen ihr Geld und kom-*

men nie nach Hause und treiben sich wer weiß wo rum. Sie sind unzuverlässig, gewalttätig. Und unsere Eltern fügen hinzu: *Hast du keine Angst?* Angst wovor?, fragen wir. Tess, Linh, Maheen – erinnert ihr euch an sie? – hat uns einander vorgestellt. Er will Architekt werden, Arzt, Filmemacher, Koch. Er ist süß, sagen wir. *Sie sind einfach nicht wie wir.* Und dann zum Schluss: *Solche Jungs sind nicht gut genug für dich – siehst du das nicht?*

Und so »sehen« manche von uns – die gehorsamen Mädchen, die Enttäusch-deine-Familie-nicht-Mädchen, die Willst-du-nicht-was-Besseres-im-Leben-Mädchen – dann doch. Wir zwingen uns zu glauben, dass diese Jungs nicht gut genug für uns sind, auch wenn zwischen ihrer Hautfarbe und unserer nur ein paar Nuancen liegen. Wir versuchen, ihnen nicht zu begegnen, wenn wir über die Schulflure schleichen, ignorieren ihre Anrufe und Nachrichten, ihre Zettel, die sie uns in die Schließfächer schieben oder über gemeinsame Freundinnen zukommen lassen, die wir nicht lesen.

Wenn wir ihnen zufällig auf dem Boulevard des Todes begegnen, huschen wir schnell über die belebte Straße auf die andere Seite. Manchen von uns gelingt es aber nicht, ihnen unbemerkt auszuweichen. Brown Boys begrüßen uns mit einem bestimmten *Hey.* Uns ist es unangenehm, wenn wir in ihre fragenden Gesichter blicken. Wir verschränken die Arme, ziehen die Schultern hoch und versuchen, uns klein zu machen. Am liebsten würden wir in diesem Moment einfach nur wegrennen und uns verstecken, andere von uns hingegen wollen bleiben, den Mund aufmachen und erklären, warum wir aus ihrem Leben verschwunden sind. Aber wie würde die Erklärung denn lauten?

Wir sagen nichts.

Andere von uns würden gern die Hände auf ihre Wangen legen, aber wenn wir es tatsächlich tun, weichen brown Boys unserer Berührung aus. Uns überkommt Scham, ein Gefühl, das wir für den Rest unseres Lebens in uns tragen werden, wenn uns diese Erinnerung unerbeten in den Kopf kommt.

Und doch bemerken wieder andere von uns bei dieser kurzen Begegnung Details, die uns vorher nicht aufgefallen waren: die schmutzigen Sneaker der brown Boys, ihr widerspenstiges wuscheliges Haar, der Riss in ihren Jeans vom wilden Umherrennen in Manhattan, als sie sich eigentlich beherrschen sollten. Anständig sein sollten. Wir sehen diese Details und sind angewidert. Wir mustern sie, bis sie uns nichts mehr bedeuten, bis uns egal ist, was sie denken und wie sie sich fühlen, was es uns leichter macht, sie loszulassen. Wir drehen ihnen den Rücken zu, ignorieren ihre Fragen. Wir gehen nach Hause. Wenn wir unsere Backsteinhäuser erreichen – versteckt, am Rand –, waschen wir uns die Hände. Spritzen uns Wasser ins Gesicht, auf den Hals, bis wir den Drang verspüren, jeden Zentimeter unserer Körper zu schrubben. Wir stolpern unter Duschen, lassen das Wasser so heiß werden, bis es uns die Haut verbrüht. Drehen am Hahn, bis das Wasser so eiskalt ist, dass wir mit den Zähnen klappern.

Beim Telefonieren mit unseren Freundinnen an diesem Abend – rate mal, wen ich auf dem Boulevard gesehen habe? Gott, war der erbärmlich! – üben wir, unsere Nasen schmaler zu schminken. Wir sind mittlerweile sehr geschickt in der Kunst der Verstellung.

Unsere Gesichter lächeln, aus Spiegeln, zurück.

ALLES, WAS WIR
JEMALS WOLLTEN

Siebzehn. White Boys berühren unsere Haut. *Wunderschön*, sagen sie. Wir liegen mit ihnen im frühlingshaften Gras des Central Park und fahren mit Leihrädern über den nach Furz stinkenden East River. Schon in ihrer Nähe zu sein fühlt sich an, als würden wir etwas Kostbares begehren (Diamanten, die jetzt uns gehören). Egal, dass wir uns dabei zugleich so fühlen, als würde unsere Haut mit Dreck beschmiert. Wir tun unser Bestes, um es zu ignorieren. Wenn wir an geparkten Autos vorbeigehen, erhaschen wir einen flüchtigen Blick auf die verzerrten Spiegelbilder unserer Gesichter: unsere Nasen langgezogen wie die von Pinocchio, unsere Münder breit wie Stricknadeln. Wir wenden schnell den Blick ab, obwohl white Boys es ohnehin nicht mitbekommen. Ihre Spiegelbilder hingegen glänzen und überragen uns. Wir denken: Sehen wir neben ihnen wie Prostituierte aus? Erinnern wir sie an ihre Nannies und Hausangestellten, ihre Lieblingspornodarstellerinnen? *(PSST! Sag. Kein. Einziges. Wort.)*

Entspann dich mal!, sagen wir uns. Wir sind jung! Die Sonne glitzert auf unseren Gesichtern.

White Boys nehmen uns mit nach Hause zu sich in Midtown, der Upper East Side, Tribeca, im West Village, wo wir Gebäude betreten, an denen wir zwar schon vorbeigeschlendert sind, die je zu betreten wir uns aber nie hätten vorstellen können. Wir durchqueren marmorne Lobbys und werden von Portiers in Mänteln und lustigen Hüten begrüßt, wie im Film. Wenn sie uns anlächeln, stellen wir fest, dass sie unseren Onkeln, unseren Brüdern ähneln. Das Einzige, was wir tun können, ist zurücklächeln.

Wir betreten Wohnungen, in denen abstrakte Gemälde in goldenen Rahmen an den Wänden hängen und beiläufig Privatschulen mit Namen wie Nightingale und Spence und Trinity erwähnt werden und Villen in der Toskana und Wochenendhäuser in Aspen und Strandhäuser an der Küste von Maine. Wo während des Abendessens die Geschwister seufzen und sagen: *Ich kann mich nicht entscheiden – Princeton oder Harvard?* (Sie werden an beiden keinen Platz bekommen.) In ihren Wohnungen lächeln und nicken wir und setzen ein Lachen auf, das wir für elegant halten, bis es uns über die Lippen kommt und wir den Klang hören, der uns in den Ohren schmerzt. HA HA HA HA. Wir machen den Mund zu, schnell. Wir sind hier, um ihre Eltern kennenzulernen. *Charmant!*, nennen uns ihre Eltern. *Deine Freundin ist SO charmant.*

Während unseres Abendessens mit Fleisch von Weidetieren und im Ofen gegartem Gemüse von Bauernmärkten, und Käse, der aus Ländern importiert wurde, in die wir vielleicht eines Tages zu reisen hoffen – white Boys und ihre Familien waren natürlich schon dort –, werden wir auf einmal zu Botschafterinnen von Ländern der »Dritten Welt«. Ihre Väter und Mütter fragen: *Was ist deiner Meinung nach der Hauptgrund für die Armut in deinem Land? Entschuldigung, im Land deiner Eltern. Welche Kräfte könnten zum Sturz der Diktatur – was für ein Grauen, nicht wahr? – führen? Was hältst du von NAFTA?*

Wir schlucken. Trockene Stückchen von Hühnern aus Freilandhaltung wandern unsere Kehlen hinunter.

Brown Girls brown Girls brown Girls, die sich in Marionetten auf einer Bühne verwandeln – *charmant, SO charmant!* –, angestrahlt von heißen und blendenden Scheinwerfern.

Nach dem Abendessen nehmen uns white Boys mit aufs Dach ihrer Gebäude mit Blick auf das Empire State Building oder das World Trade Center. Man beachte allerdings: Wenn white Boys nicht reich und/oder weiße angelsächsische Protestanten sind, wenn ihre Eltern nicht Anwältinnen und Chirurgen und Bankiers und Erbinnen von Treuhandfonds sind, sondern Verkaufsleiter oder Angestellte bei der Stadt oder Englischlehrerinnen (siehe: *Mittelschicht*), oder wenn ihre Eltern Bauarbeiter oder Sekretärinnen sind (siehe: *untere Mittelschicht*), werden die Details natürlich etwas anders sein: Man ersetze dann »Harvard« durch staatliche Unis wie »Albany« und »Binghamton« oder staatliche New Yorker Colleges wie »Brooklyn« und »Baruch«. Ersetze »gebratenes Biogemüse« durch »Spaghetti« oder »Pizza«. Ersetze »Dach« durch »Pier«, das »Empire State Building« und das »World Trade Center« durch »Statue of Liberty« oder den »Belt Parkway« mit seinen ach-so-schönen Ausblicken.

Ersetze die Frage: *Was ist deiner Meinung nach der Hauptgrund für die Armut in deinem Land?*, durch Berichte darüber, wie ihre Familien im Koreakrieg, in Vietnam, in den Golfkriegen gekämpft haben, und jetzt gegen *diese Terroristen* in Afghanistan und Iran.

Unabhängig von ihrer gesellschaftlichen Schicht, korrigier sie, wenn sie Singapur mit den Philippinen, Kolumbien mit der Dominikanischen Republik oder Haiti mit Jamaika verwechseln. *Ich verstehe nicht*, fahren sie fort, *warum es jetzt so schlimm sein soll, eine Mauer an der Grenze zu Mexiko zu bauen – es GIBT doch Möglichkeiten, legal in dieses Land zu kommen. Sind deine Eltern nicht frustriert*, sagen sie, *dass diese Illegalen einfach so reinkommen und sich nicht an die Gesetze halten?*

Da einige von uns unbedingt von ihren Familien akzeptiert werden wollen und daher extrem beeinflussbar sind (sie könnten uns befehlen, von der Verrazzano-Brücke zu springen, und wir würden es tun;

sie könnten uns erzählen, dass die Wiederkunft Christi morgen stattfindet, und wir würden um Vergebung für all unsere Sünden bitten), nicken wir mit vehementer Zustimmung und vergessen dabei umstandslos unsere Liebsten ohne Papiere in Queens.

Unabhängig von ihrer Postleitzahl oder Steuerklasse erzählen uns diese Weißen alle, dass wir und unsere Familien die *guten Einwanderer* sind, die *hart Arbeitenden – nicht wie die faulen Leute hier im Land, die nur eine Belastung für den Staat sind.* (Es dämmert uns, dass auch einige unserer Familien schon solche Argumente nachgeplappert haben). Nein, wir sind die *dankbaren Menschen mit brauner Haut.* Danke, dass ihr die Länder unserer Vorfahren kolonisiert habt, Danke für die Kriege und Diktatoren! Wir sind so unendlich dankbar für eure *zivilisierende* Religion und die Visa! Danke, wirklich danke und noch mal danke.

Aber egal, welche Details du austauschst, das Gefühl – dass wir Außenseiterinnen sind – solltest du belassen.

Dachterrassen, Piers, der Belt Parkway – wirklich scheißegal, von wo wir gucken, unser Viertel können wir von hier nicht sehen. Als gäbe es es gar nicht.

Vom Mondlicht erhellt leuchten wir dunkler.

Wunderschön, nennen uns white Boys, wieder. Sie streichen mit den Händen über unsere Hälse und
Schultern. *Das weißt du, oder?*

Für manche von uns ist diese Bestätigung genau das, wonach wir uns unser Leben lang schon gesehnt haben. Wir saugen ihre Worte auf, eine Bestätigung, die wir noch nie zuvor empfunden haben. Andere von uns kräuseln nur die Lippen, lächeln angespannt. Wir glauben ihnen nicht, wenn sie uns umwerfend schön nennen, und werden uns, für den Rest unseres Lebens, immer unwohlfühlen in Räumen voller weißer Menschen, egal, wie freundlich sie sind.

Ein paar andere von uns schauen white Boys daraufhin einfach nur an. Ein grobes Geräusch durchbricht die Stille – ein Prusten, das von hinten aus unseren Kehlen hervorsprudelt. Es wächst zu einer Kraft an, die von tief aus dem Bauch aufsteigt und so heftig ist, dass wir uns zusammenkrümmen. Wir können nicht anders. *Wunderschön. Das weißt du, oder?* Wir halten uns den Bauch und unser echtes Lachen – ungehemmt, wild – dringt durch die Nacht, bis wir keine Luft mehr bekommen. Wir lehnen am Geländer von Dächern, von Brücken, unter denen die Autos durchrasen, und Piers, wo das Meer lärmt, die aufgewühlte See, jedes Klatschen des Wassers wie eine emporschnellende Hand, die uns hinabziehen will. Wir sind so nah dran, dass wir fallen könnten. Und was, wenn wir es täten?

Brown Girls brown Girls brown Girls. Wir haben uns noch nie so allein gefühlt.

Manche white Boys schrecken zurück, verwirrt von

unserem plötzlichen Ausbruch. Andere zögern und lachen dann mit, ohne zu verstehen, dass wir über sie lachen, und über ihre scheißlangweiligen Abendessen und Wohnungen, ihre blöden Familien und, vor allem, über unsere eigene Blödheit.

Andere white Boys – Jack, Aaron, Brad, John, Jake – schauen uns nur an. Als sähen sie uns zum ersten Mal. Sie schweigen, als sie uns in die Augen blicken. Sie umarmen uns mit einer Sanftheit, die uns erschrickt. Einige von uns werden ganz steif – wir wollen nicht angefasst werden und schieben sie weg. Andere von uns lassen zu, dass ihre Arme unsere Körper umschlingen – wir geben nach. Einigen von uns wird klar, schlagartig, dass wir gehalten werden *wollen*, und es nicht so wichtig ist, von wem.

Sieh hin aus der Vogelperspektive: Körper in einer Stadt, die so hell ist, dass man die Sterne nicht sehen kann.

TERRITORIUM

Es wird dir Spaß machen, sagen wir, und nehmen unsere white Boys mit auf einen Ausflug nach Queens. Wir haben es satt, unsere Zeit und unser Geld in der *City* zu verschwenden – heißt: in Manhattan. Als gäbe es nur diesen einen der fünf Bezirke. Wir hassen mittlerweile die hastenden Leute, die einen auf den Gehwegen zur Seite schubsen, wir verdrehen die Augen über die überteuerten Cafés und Restaurants, die als *très chic* und *abgefahren* gelten, weil sie, so wird uns klar, die Atmosphäre eines Slums mimen. (Mimosas und Avocado-Toast in Kombination mit bröckelnden Backsteinwänden.) Wir lachen über die Frauen, die in hässlichen Designerklamotten an Straßenecken verzweifelt versuchen, Taxis heranzuwinken.

Wenn wir mit der U-Bahn in die *City* fahren, fällt uns auf, dass die Züge klimatisiert sind, dass sie schicke elektronische Netzpläne haben, die einem anzeigen, wie einfach man von A nach B kommt, und dass diese Linien in Manhattan nie von Störungen betroffen sind wie die bei uns in Queens – kann einem mal wer erklären, warum? *(Sehr geehrte Fahrgäste, dieser Zug fährt jetzt auf dem Nahverkehrsgleis. Die-*

ser Zug wird über die Brücke umgeleitet und hält daher nicht an den nächsten zehn Haltestellen. Dieser Zug hat Verspätung wegen einer Signalstörung an der 80th Street. Wegen eines medizinischen Notfalls. Wegen eines Polizeieinsatzes an der Broadway Junction. Achtung! Dieser Zug kann die Fahrt wegen einer technischen Störung nicht fortsetzen. Bitte steigen Sie in die Busse des Schienenersatzverkehrs um. Wir wünschen Ihnen noch einen schönen Tag!) Wir haben den »Glamour« Manhattans satt, der, wie die gefälschten Coach-Handtaschen in der Canal Street und die gebotoxten Gesichter in der Upper East Side, in Wirklichkeit komplett fake ist.

Stattdessen nehmen wir unsere white Boys also mit in unsere Gegend. Aus U-Bahnen sehen wir, wie die Hochhäuser allmählich in Flachbauten und Eckläden übergehen. Wir zeigen auf städtische Krankenhäuser – Elmhurst, Jamaica, Woodhull – in denen wir geboren wurden und in denen einige unserer Eltern als Hausmeister, Krankenpfleger, Sozialarbeiterinnen und in irgendwelchen Büros arbeiten. Wir schlendern an einem Supermarkt vorbei, vor dem ordentlich gestapelte Kisten mit Tomaten, Avocados, Ananas und anderem Obst und Gemüse stehen. Eine zerrissene Plastiktüte, eine benutzte Serviette weht uns entgegen. Wir schlagen sie zur Seite.

Das ist der Spielplatz, auf dem wir mit unseren Brüdern und Schwestern abhingen, erzählen wir unseren white Boys. Wir fahren mit den Händen über die von Kinderhänden abgegriffenen Kletterstangen. Um uns herum eine Kakophonie von

Hoy, pare! Kumusta?

你好嗎?

¡Prima! ¿Qué lo que?

آپ کیسے ہیں؟

Bạn khỏe không?

Unsere Ohren sind damit vertraut. *Hier ist ja was los*, sagen unsere white Boys. Wir bummeln durch die Gegend und halten die Hände unserer white Boys. (Oder halten sie sich vielleicht eher an uns fest?) Wir gehen an einem kleinen Jungen vorbei, der neben seiner Abuela in einem Spiderman-Kostüm herläuft, obwohl nicht Halloween ist.

Wir hören das *tsch tsch* der Sneakersohlen von brown Boys, die Basketball spielen. Die Füße nur verschwommene Schweife, schnell wie der Wind. Brown Boys sagen: *Hey, was geht?*, und strecken uns ihr Kinn entgegen. Ignorieren die white Boys an unserer Seite. Du siehst so krass gut aus, sagen ihre Augen. Einige der Jungs hören einfach auf zu spielen, halten den Ball in der Hand, als wir vorbeilaufen. *Yo! Wenn du über ihn weg bist, weißt du, wo du mich findest!* Wir hören, wie sie lachen und ihre Freunde abklatschen, und wir werden rot und ziehen unsere white Boys weg.

Kokosnuss!, rufen sie uns nach. *Onkel Tom! Banane! Schlampe!*

Macht nichts, denken wir, als wir mit unserer Trophäe weiterlaufen. *Was für ein Arschloch*, sagen unsere white Boys. *Was sollte das denn?*

Aber manche dieser brown Boys rufen uns auch beim Namen, wenn wir an ihnen vorbeigehen. Nicht unseren amerikanischen Namen, sondern den Namen, die wir in überfüllten Wohnzimmern haben, die unsere Großmütter benutzen, wenn sie uns wach rütteln. Sie rufen uns bei unseren Namen, unseren Namen wie kleinen Blüten, und wenn wir sie hören, müssen wir unsere gesamte Kraft aufbringen, einfach weiterzugehen.

UNSERE MÜTTER SPRECHEN

Werde erwachsen. Geh zur Schule. Heirate. Bekomm Kinder. Arbeite, arbeite und arbeite noch mehr, bis du stirbst. Darum geht es – worum sonst? Unsere Mütter lassen uns ihre Weisheiten zuteilwerden in Küchen, die einst sonnengelb waren und jetzt verblichen sind, in Badezimmern, in denen sie unter Neonlicht ihre Haare bürsten und kurz innehalten, wenn sie graue Strähnen entdecken, die sie sich schnell und geschickt ausreißen. Sie teilen ihre Weisheiten mit uns, während sie den Reißverschluss unseres Abschlussballkleides hochziehen und wenn wir auf muffigen Sofas liegen, erschöpft, in Gedanken noch bei ihm, nach einer Nacht, in der wir uns rausgeschlichen haben. Sie lassen uns an ihren Erkenntnissen teilhaben, wenn wir, endlich, das Schreiben mit der Zusage fürs College (*Wir freuen uns, Ihnen mitzuteilen zu können...*) erhalten. Unsere Mütter rufen unsere Namen – Ximena, Kim, Hema, Nadira, Krystel, Usha, Truc, Nazreen, Mei-ying, und auch unsere Spitznamen – und sagen: *Hörst du mir zu? Es ist ein Kreislauf.* Gähnend blicken sie auf Uhren an der Wand. Tief im Innern schrumpfen wir ein wenig. Beugen uns nach links weg, um den Fingern unserer Mütter zu entkommen, die über den Verschlüssen unserer offenen Kleider schweben. Unsere Mütter stehen hinter uns und suchen unsere Blicke in den Spiegeln. Unsere Nicht-Spiegelbilder. *Hörst du mir zu?*, wiederholen sie. Wir antworten ihnen nicht. Stattdessen machen wir irgendwas, drehen den Wasserhahn auf, um ihre Stimmen zu übertönen, oder schalten, noch besser, den Föhn ein. Schneiden Paprika und Karotten auf ölverschmierten Tischen. Sagen nichts, absolut gar nichts, aber denken: Falsch.

DIE GEBOTE UNSERER MÜTTER

Gebot Nr. 1

Du sollst kein unartiges Mädchen sein, ein solches, das immer widerspricht und nicht zu schweigen weiß. Du sollst ein braves Mädchen sein. Lieb, gefügig. Gehorche, denn ich bin der Herr, deine Mutter, und ich habe dich auf die Welt gebracht.

Gebot Nr. 2

Du sollst kein hässliches Mädchen sein. Verbringe deine Stunden nicht in der Sonne, damit deine ohnehin schon dunkle Haut nicht noch dunkler wird. Sei eine Lady, mit einem hübschen Lächeln und einem hübschen Gesicht. Sieh, wie dein Haar schlaff und trocken ist, deine Lippen rissig, wie die eines Geistes! Sieh dir deinen Lippenstift an, seinen zu grellen Farbton, und deine Handtasche, wie schäbig und ausgefranst sie ist. Ändere deine sündigen Gewohnheiten und mache sie mir gefällig, sagt der Herr, deine Mutter.

Gebot Nr. 3

Du sollst kein lautes Mädchen sein, das dauernd seine Meinung sagt. Ja, ich weiß, dass du intelligent bist –

schließlich habe ich dich großgezogen –, aber es ist unschicklich, mit deiner Schläue hausieren zu gehen. Sei ein stilles Mädchen. Eines, das den Tisch abräumt, den Boden wischt, das Geschirr spült und die Wäsche macht. Diskutiere und streite nicht. Unterwirf dich, denn ich bin der Herr, deine Mutter, und ich habe dich erschaffen.

Gebot Nr. 4

Du sollst kein zwielichtiges Mädchen mit vielen Liebhabern sein. Erkundige dich nicht nach Verhütungsmitteln – warum solltest du Verhütungsmittel brauchen? Du sollst nicht schwanger werden.* Anständige Mädchen denken nicht an Sex.

Gebot Nr. 5

Du sollst kein rebellisches Mädchen sein. Befolge stattdessen immer diese Regeln, einschließlich der vielen, die hier nicht aufgeführt sind. Gebote, die dir in Fleisch und Blut übergehen sollen. Gehorche, denn ich bin der Herr, deine –

Was soll das heißen, du weißt nicht mehr, wie die weiteren Regeln lauten? Habe ich dir denn nichts beigebracht?!

---

* Siehe deine Cousinen Sidra, Evangeline, Camilla, Ashanti, Mercedes, Jocelyn und Aarti als Beispiele dafür, was man *nicht* tun sollte.

GROSSE ERWARTUNGEN

Unsere Brüder – deren DNA wir teilen, deren Augen beim Lächeln die gleichen Falten werfen wie unsere, die in den gleichen Haushalten groß geworden sind, die ihre Vorderräder hochreißen, vor dem Hintergrund des blauen Himmels – haben schweren Ärger mit ihren tantenhaften Lehrerinnen. Wenn sie aus dem Büro der Rektorin entlassen werden, sitzen wir im Schneidersitz neben ihnen auf Basketballplätzen. Wir schwänzen die letzten Schulstunden – Geschichte Leistung, Mathe Grundkurs, Sport – um uns mit ihnen zu treffen. Sie rauchen, manchmal rauchen wir mit. Woher hast du das?, fragen wir, und zeigen auf den Joint in ihrer Hand. *Spielt das eine Rolle?* Wir zucken mit den Schultern, inhalieren, spüren die Dämpfe in der Brust, den klebrigen, metallischen Geschmack, der sich auf unsere Zungen legt. Atmen aus.

Manchmal rauchen wir nicht. Sitzen nur da und hören zu. *Irgendwann hau ich ab von hier*, sagen unsere Brüder. *Weit weg. Wie ist es wohl in Wyoming?* Was, fragen wir lachend, willst du Cowboy werden? *Ich hab nachgedacht – vielleicht geh ich zum Militär. Warum nicht? Mit dem GI Bill umsonst ans College.*

Sie sehen uns von der Seite an. *Schon klar, dass* du *dir keine Sorgen um Studiengebühren machen musst.* Wir zucken mit den Schultern, gleichgültig. Einige von uns haben Stipendien für Universitäten erhalten. Die schlaflosen Nächte und U-Bahn-Fahrten, während derer wir für Leistungskurse lernten, haben sich ausgezahlt. Wenn wir zu Besuch bei unseren weißen Freundinnen waren, wussten wir allerdings nie, wie wir reagieren sollten, wenn ihre Eltern ein: *Na ja, Madelines Noten waren hervorragend, aber ich vermute mal, dass die Schulen, die sie abgelehnt haben, dieses Jahr ihre Quote für bestimmte Schüler erfüllen mussten*, fallen ließen. Bestimmte Schüler? Haben wir das richtig verstanden? Unsere Gesichter glühten vor Wut, Verwirrung und Scham.

Gleichzeitig haben wir gelernt, in unserer Gegend unsere Intelligenz herunterzuspielen. Beim Anblick unserer Zeugnisse mit glatten Einsen, unserer Skizzenbücher, des Stapels von Romanen und Comics aus der Bibliothek, die wir auf dem Arm tragen müssen, weil sie nicht in unsere Rucksäcke passen (sie sind für unsere Geschichtsaufsätze oder die nächste Nachtlektüre), wenn wir erschlagen nach zweistündigen Fahrten von High Schools in Manhattan und den besseren Gegenden von Queens nach Hause kommen, begegnen uns einige Familienmitglieder und Freundinnen mit Vorwürfen wie: *Was – hältst du dich für was Besseres? Seht ihr, sie ist sogar zu eingebildet, um uns in die Augen zu schauen!*, sagen sie, wenn wir zu Boden blicken, erschrocken und verletzt von ihren Worten. *Sei fleißig in der Schule!*, hatte man uns immer gesagt, aber auch: *Geh nicht so weit weg von hier, bleib in der Gegend, bleib eine von uns, sind wir nicht gut genug für dich?* Wir sehnen uns nach mehr, behalten unsere Träume aber für uns. Unsere Brüder dagegen verkünden: *Ich werde mit dem Motorrad quer durchs Land fahren. Ich werde in einem Casino in Vegas arbeiten. Ich werde über die Grenze nach Mexiko fahren und den ganzen Tag Mezcal schlürfen. Ich werde nach Westen ziehen und Asche machen. Aber zuerst*, sagen sie zu uns, *jobbe ich bisschen auf dem Bau, spare Geld zusammen und dann geht's los.* Aber du bist schlau genug, um das scheiß Gebäude zu entwerfen! *Darum geht es nicht*, sagen sie. *Ich will nur weg von hier. Ich schaff das.* Wir machen den Fehler, ihnen zu glauben.

DURST

Johnnie Walker auf Eis! Einen doppelten!, schreien unsere stolzierenden Väter und Onkel, rot im Gesicht, ganz in ihrem Element. Bis oben hin voll.

Wie wir sie lieben. Wir müssen uns zusammenreißen, dass wir nicht laut auflachen, wenn sie die Nationalhymnen schmettern von Ländern, die nicht die United States of America sind. Unsere Väter und Onkel, die uns so vertraut wie rätselhaft sind, mischen Absolut mit Orangensaft, zerdrücken Budweiser-Dosen, gießen hausgemachten Wein in angeschlagene Tassen, zusammengebraut nach Rezepten aus Ländern, in denen wir nie waren oder an die wir nur vage Erinnerungen haben. Wir schleichen uns in Gärten mit wackligen Zäunen, wo unsere Väter und Onkel sich mit Jameson zuprosten und Zigaretten, Wasserpfeife und Gras rauchen, an einem Abend, als der Winter seinen Griff lockert und der Frühling seine ersten Blüten treibt. Wir tun so, als würden wir uns eine Pepsi oder Orangensaft einschenken, während wir künstlich hustend heimlich eine Flasche Grey Goose vom Tisch einstecken. Oben warten schon unsere Cousins und Cousinen. *Versuch irgendwie, auch den Patrón mit-*

zunehmen! Du weißt, dass sie den Scheiß null ver-tragen. Unsere Väter und Onkel rufen: *Prost auf den Verrat an diesem Arschloch Duvalier, Marcos, Trujillo! Dass wir dieser Hölle entkommen sind! Runter da-mit!* Geschichten, immer Geschichten dieser Männer, Versionen ihrer selbst, die sie zurückgelassen haben. Als sie Geschichts- und Chemieprofessoren waren, Kardiologen und Internisten, Ingenieure, die Brücken und Straßen in Ländern bauten, von denen uns Ozeane trennen. Worüber unsere Väter und Onkel nicht spre-chen, sind ihre jetzigen Chefs. Außer, wenn sie die Stimmen ihrer Vorgesetzten nachahmen, mit klar und hart knackenden Konsonanten. Sie senken dabei die Stimme und wechseln natürlich ins Englische. *Sag mal*, sagen sie. *Stimmt es, dass dein Volk Voodoo prak-tiziert? Dass die Frauen bei euch nur aufs Geld aus sind? Dass ihr Hunde esst?*

Wir schleichen auf Zehenspitzen durch Wohnzim-mer und Küchen zurück in die Zimmer, in denen unsere Cousinen und Cousins schon ungeduldig warten. Auf dem Weg hören wir Gelächter, dessen Schrillheit uns fast die Trommelfelle platzen lässt. Statt Johnnie oder Absolut gibt es für unsere Mütter, die beim Lachen die Hand vor den Mund halten, mit ihren klirrenden Goldarmreifen, Cabernet Sauvignon, der die Innen-seite ihrer Lippen maulbeerrot verfärbt. Margaritas, wenn sie festlich gestimmt sind oder Heimweh haben. Und immer Prosecco für die, die nichts vertragen, wie

Tante Dolores, die stöhnend klagt: *Siebenunddreißig!*
Meine Tochter ist siebenunddreißig und hat seit fünf
Jahren keine Beziehung mehr gehabt – ich werde nie
ein Enkelkind haben! Wenn unsere Mütter und Tanten denn überhaupt trinken – und das tun längst nicht
alle, da einige es für unschicklich oder unmoralisch
halten –, trinken sie fern von ihren Männern. Fern von
uns. Und bleiben, indem sie sich separieren, rein, müt-
terlich. *Shine bright like a diamond!*, singen sie, *Shine*
bright! Ha ha ha ha. Meine Güte, sagen sie, wenn sie
uns dabei erwischen, wie wir über die Treppe mit dem
dicken Teppich nach oben schleichen. Fuck, murmeln
wir. Und gehen wieder ein paar Stufen runter. *Du bist*
ja zu einer richtigen jungen Dame aufgeblüht!, sagen
sie. Ähm, ja, sagen wir. Aufgeblüht.

Wir kämpfen mit den Flaschen unter unseren
Sweatshirts, auf denen die Namen der Colleges stehen, auf die wir ab Herbst gehen werden. Einige von
uns tragen Hoodies mit Aufschriften wie Stony Brook
oder New Paltz, staatliche Unis, auf die wir Glück-
lichen entfliehen können. Die meisten von uns tragen
aber die Namen von Colleges der Stadt: Hunter, City,
John Jay (deren Hochglanzbroschüren mit *Das beste*
Preis-Leistungs-Verhältnis! warben, was unsere Eltern
überzeugte). Wir werden ab Herbst von zu Hause, im
miesen Teil von Queens, zu Colleges pendeln. Nur wenige von uns tragen Sweatshirts mit den Namen pri-
vater Unis. Wenn, dann sind es Colleges, die auch in

unserer Heimatstadt liegen oder zumindest nicht allzu weit entfernt, auf Long Island: Fordham, Hofstra, und eine einzige leuchtende Ausnahme mit Columbia. Auf der Treppe, wo wir auf Augenhöhe mit dem Kronleuchter aus Kunststoff stehen, rinnt uns Schweiß über die Oberlippe. Wir können nur beten, dass die unter unseren Sweatshirts versteckten Flaschen nicht aneinanderklirren und unsere Mission verraten.

Sag mal, hast du jetzt einen Freund? Auf welches College gehst du noch mal? Du studierst Medizin, Finanzwirtschaft, Management, oder?

Wir sagen nichts über unsere Freunde und Freundinnen (es ist eine Fangfrage) oder darüber, dass eine von uns festgestellt hat, dass sie lesbisch ist, oder wie andere sich schon aufs College freuen, wo sie mit Winged Eyeliner experimentieren werden, trotz der dann tieferen Stimmen und kurzen Haare, die wir zurückgelen, um uns wie unsere Brüder zu stylen.

Geh nicht so weit weg, sagen unsere Tanten, *bleib hier, bleib in der Gegend*. Wir sehen ihnen zu, wie sie sich über die Brust und den Bauch streichen, und über den nachgefärbten Haaransatz. Einige unserer Tanten und Mütter gießen Tequila-Shots ein, bieten uns aber nichts an. Von den Treppen aus sehen wir, wie sie ihre Köpfe in den Nacken werfen, und stellen uns vor, wie ihnen der Alkohol in der Kehle brennt beim Schlucken. Es ist das gleiche befriedigende Gefühl, dass wir gleich mit unseren Cousinen erleben werden, wenn wir jetzt endlich mal zu ihnen könnten. (Es ist zu früh am Abend, um jetzt schon zu wissen, dass wir später auf der Fahrt nach Hause ein anderes, aber durchaus verwandtes Brennen in der Speiseröhre spüren werden, von unten hochkommend. Die Art von Brennen, die uns zwingen wird, unsere Köpfe aus Fenstern von Minivans zu strecken, wo uns der Winterwind im Gesicht kurz guttut, bis der Moment vorbei ist und unsere Mägen sich wieder zusammenziehen. Wir würgen. Uh-Uärg! Unsere Väter, die dem vom Fahrersitz aus zusehen [sie sind nach zwei Tassen Kaffee nüchtern, weitgehend], schreien uns an. *Und das ist mein Kind!* Wenn sie dann aber in ihrer Wut rechts ranfahren, fangen sie selbst an zu würgen. Ha ha ha ha. Wie der Vater so −.)

Jetzt in diesem Augenblick jedoch schauen wir, mit den schweren Flaschen unter unseren Hoodies, unseren Müttern dabei zu, wie sie Shots kippen und in Limettenscheiben beißen. Mit verzogenem Gesicht schütteln sie kurz den Kopf, erschauern, *Sauer! Wuah, sauer!*

TEIL DREI

WILLKOMMEN AUF DEM MARS!

Manche von uns gehen trotzdem weg. An Universitäten – Berkeley, Northwestern, UT Austin – im ganzen Land. Sayonara, New York!, sagen wir, Ich bin raus!, und sind darüber kein Stück traurig. Ein paar von uns gehen auf die Ivy-League-Uni dieser Stadt, Dutzende U-Bahn-Stationen – praktisch Lichtjahre – entfernt. Wir kommen in Teilen des Landes an, oder Gegenden unserer eigenen Stadt, des Big Apple, in denen wir noch nie waren. Wo die Architektur auf dem Campus aussieht wie in unseren Kunstgeschichtsbüchern aus der Oberstufe (»Kapitel 12: Die Wiederbelebung der griechischen und römischen Antike und die Geburt des Neoklassizismus«), wo jedes Stückchen Rasen perfekt gemäht ist und selbst die Mülleimer glänzen. Als wir uns umsehen, sind wir uns sicher, dass ein Fehler vorliegt, eine Verwechslung beim Zulassungsverfahren. Wir wissen, dass wir nicht hierhergehören.

Unser Stundenplan: Einführung in die moderne Biologie, Grundlagen der Wirtschaftswissenschaft, Programmieren mit Java, Statistisches Argumentieren. Kurse, die unsere Eltern stolz auf uns machen. In den Seminaren überhören wir die Gespräche unserer Kommilitoninnen und Kommilitonen. *Mein Urlaub auf Ibiza war absolut crazy!*, sagen sie. *Wir sind von dort mit einem gecharterten Flugzeug nach Monaco und dann weiter nach Santorini.* Wir sitzen zwischen der Tochter eines Ölmagnaten und irgendeinem Typen, dessen Vater CEO eines Fortune-500-Unternehmens ist. Wir hören unsere Mitstudierenden sagen: *Mein Großvater, mein Vater und mein Bruder sind alle hier aufs College gegangen – ich wär hier sonst im LEBEN nicht angenommen worden.* Versuchen, nicht die Augen zu verdrehen.

In der Mittagspause sitzen wir auf den Treppen vor der Bibliothek (die eine von zwei Dutzend Bibliotheken der Uni ist) und genießen die spätseptemberliche Sonne. Auf diesem Hochsitz, von wo man den Campus überblickt, denken wir über das Wort »Legacy« nach. Die Zulassung der Kinder von Ehemaligen. Erbe und Vermächtnis. Denken: Und wie viele Menschen haben sich den Zugang zu diesen Ivy-League-Unis einfach erkauft, an denen die Studiengebühren so hoch sind wie das Jahreseinkommen eines Haushalts bei uns in der Gegend, oder höher?

Legacy.

Das Vermächtnis unserer Familien, die Geschichte, die wir geerbt haben: Großeltern, die nie Lesen gelernt haben, von den USA unterstützte Diktaturen, Bomben, Kriege, Flüchtlingslager, Marinestützpunkte, Kanäle, Gold, Diamanten, Öl, Missionare, Braindrain, der

American Dream.

Auf welcher High School warst du?, fragen wir unsere Mitstudierenden, als wir erfahren, dass sie auch aus New York kommen. Wir hören zu, wenn sie Internate in den Berkshires und an anderen Orten in New England vergleichen, die bei uns die Vorstellung von Landschaften mit Bäumen und schlossartigen Wohnheimgebäuden hervorrufen. Die Sorte malerischer Umgebungen, geht uns durch den Kopf, die als Kulisse für Filme dienen, in denen alle ermordet werden.

Warum musstest du denn auf ein Internat gehen?, fragen wir. Worauf unsere Mitstudierenden lachen müssen. *Ach, Aditi, Alexandra, Puja, Mercedes!*, sagen sie, wobei manche von ihnen unsere Namen falsch aussprechen. Wir korrigieren sie gar nicht erst. *Du bist so lustig!*

Manche unserer Mitstudierenden mögen wir. Die meisten aber nicht.

Wir zwingen uns trotzdem, mit ihnen zu lachen, wissend, dass unsere Familien bei ihnen geputzt haben, für sie die Hundescheiße aufgesammelt, sie und all ihre Geschwister großgezogen haben. Oder, falls unsere Eltern »wohlhabender« waren, für ihre Verwandten in Krankenhäusern als Pflegerinnen, Hilfskräfte und Therapeuten gesorgt haben. *Entschuldigen Sie, Mr. Van der Deen, kann ich Ihnen etwas bringen? Sie hatten mehrfach geklingelt, Mr. Van der Deen? Mr. Van der Deen, ich bitte Sie, kein Grund zu schreien!*

Wie Geister spazieren wir entlang den Rändern des Campus. Vorbei an den sauber gestutzten, üppigen Hecken und den blühenden Kirschbäumen mit ihren filigranen Zweigen, an der Grenze des Geländes. Doch können wir hinter dem Blattwerk, wenn wir genau hinsehen, die schmiedeeisernen Tore ausmachen, die uns einschließen. Uns überkommt der Wunsch zu fliehen, weit weg zu laufen von hier. Aber wir sind brave Mädchen – wir zwingen uns hierzubleiben. Wir sind schließlich die, die es »geschafft« haben, richtig? Wir sind die, die so unglaublich *hart* gearbeitet haben. Amerikanische Mädchen, die den *American Dream* leben.

Aber wofür? Und für wen?

Wir stehen vor einer Statue. Unterhalb der aus Stein gemeißelten Füße in Sandalen, mit kräftigen Zehen, steht auf einer Tafel am Sockel des Denkmals: PLATON – GRÜNDER DER AKADEMIE, DER ERSTEN BILDUNGSEINRICHTUNG DER WESTLICHEN WELT. Ein kalter Wind fegt über uns hinweg. Mit eingezogenen Schultern wickeln wir unsere Mäntel enger um unsere Körper.

WIEDERSEHEN

Fünf Stella, bitte. Oder warte, was haltet ihr von ner Runde Mojitos? Ich hab euch ja alle *ewig* nicht gesehen. Nein, hört nicht auf sie – eine Flasche Sancerre, der aus dem Loiretal. Hallooooo! Schick siehst du aus! Whoa, der Kellner war cute, oder? Sah 'n bisschen aus wie Aizas Bruder – ih, bah, sagt Aiza, hör *bitte* auf. Wir kichern und einigen uns, unterschiedliche Drinks zu bestellen – einen Riesling, einen Litschi-Martini, einen Pfirsich-Soju, einen Wodka mit Ginger Ale, einen Jack Daniels pur (Wer bist du, mein Onkel?) –, trinken aber den ganzen Abend die Drinks der anderen mit. Nur mal probieren, sagen wir. Gott, wie die Zeit vergeht, ewig ist das her. Wie *geht* es dir denn? Nur in dieser Runde, unter uns, lassen wir die Masken fallen. Ich hab es so satt, sagen wir, ohne es erklären zu müssen. Ich hab es einfach so satt. Die Litanei unserer Beschwerden: Auf dieser bescheuerten Party – und mir war klar, dass ich bei der scheiß Musik eigentlich direkt wieder hätte gehen sollen – haben mich Typen den ganzen Abend lang gefragt, »woher« ich komme. Ich hab sie alle raten lassen. Echt, irgendwann hab ich nur noch gesagt: Ich komme von der Tropeninsel

Queens, ihr Vollidioten. Ein Mädchen besaß die Frechheit, zu fragen, ob Queens »gefährlich« sei. Ich mein – im Ernst? Nur um sie und die anderen zu verarschen, habe ich ihr direkt in die Augen geschaut und gesagt: Na ja, ich *könnte* dich jetzt abstechen. (Whoa, ok, sagen wir lachend. Das ist 'n bisschen heftig.) In meinem Literaturseminar haben wir eine Geschichte gelesen, in der die Hauptfigur eine Schwarze Frau ist. Und jetzt erklärt mir mal, WARUM meine Professorin dabei mich anguckt und fragt: *Angelique, vielleicht magst du uns sagen, wie du diese Darstellung empfindest?* Ich hab der fast eine *gescheuert*, ungelogen. Hey, das ist immer noch besser, als damals in der Middle School, sagt Jamila, als diese Arschlöcher aus meiner Klasse, Joseph Justin und seine Clique, mich das ganze Schuljahr lang einfach eine Terroristin genannt haben. Okay, dann hört euch mal das an: Dieses eine Mädchen aus meinem Psychologieseminar, ohne Scheiß, kommt eines Tages zu mir und sagt (hier halten wir uns die Nasen zu, um ihre nasale Stimme zu imitieren): *Es muss* soooo *schwer sein, wenn man* – Und ich hab gesagt: Wenn man was? Na, trau dich doch, Bitch, wenn man was?

JENNY

Wie viele Standardabweichungen liegt dieser Punkt vom Mittelwert entfernt?, fragt unser Statistikprofessor, während unser Blick von der mit Gleichungen und Diagrammen vollgeschriebenen Tafel zu den Kurven von Jennys Schultern, ihren Oberschenkeln und Lippen wandert. *Wenn B = der Klang ihres Lachens und C = die Anzahl der Male, die ihr Gesicht überraschend in unseren Träumen auftaucht, dann bestimmen Sie A, die Häufigkeit, mit der sie uns im Wachzustand beschäftigt.* Wir wollen die zerrissene Jeans sein, die sie trägt. So nah, noch näher. Wenn wir sie nach der Vorlesung mit einer Umarmung begrüßen, riechen wir ihre nach grünem Apfel duftende Bodylotion. Ihr kratziger Pullover kitzelt an unseren Armen, und ihre Locken streifen unsere Wangen. Wir schließen die Augen und atmen ein.

Mit neun haben wir mal eine Freundin bei einer Pyjamaparty geküsst, erst als Mutprobe und dann noch einmal vor dem Schlafengehen, um zu »üben«. Mit vierzehn klauten wir unseren Brüdern ihre Laptops und fanden dort Links zu Seiten, von deren Existenz wir nichts wussten, und sahen gebannt auf Brüste und spürten dabei ein Kribbeln im Bauch.

Wir standen auf die Barista im Café, die nie nach unseren Namen fragte, aber unsere Bestellung wusste, wenn wir zu Tür reinkamen. *Ein Matcha Latte, ein Cortado mit Hafermilch, ein einfacher Americano mit einem Schuss Milch, kommt sofort!* Wir waren in die Fremde verliebt, die wir jeden zweiten Tag in der Bibliothek sahen. Die einmal einen Donut reinschmuggelte, und der wir, als sie fertig war, so gerne den Puderzucker von der Lippe gewischt hätten.

Wir sind Mädchen, die ihr langes Haar in Braids flechten, die nachts ihre Locs mit Hauben schützen. Die sich mit zitternden Händen alles abrasieren und danach mit den Handflächen über die stoppelige Kopfhaut streichen. Können wir Mädchen ohne Gender sein?, fragen wir uns. Vielleicht können wir es … Als wir uns darüber klar werden, beschert uns das ein bis dahin unbekanntes Freiheitsgefühl, und es wird unser restliches Leben bestimmen. Eine Freiheit, für die wir jeden Tag neu kämpfen müssen, an dem die Schlagzeilen verkünden: *Neuer FBI-Bericht über Hassverbrechen zeigt deutliche Zunahme der Gewalttaten gegen Menschen aus der LGBTQ-Community.* Als Jenny zu uns sagt, ihr gefalle unser neuer Look, werden wir rot. Du siehst auch toll aus, sagen wir zu ihr. Was wir wirklich sagen wollen, ist aber: Ich liebe dich, ich liebe dich, ich – PSST! Sag. Kein. Einziges. Wort.

In Kathedralen, deren Glasfenster die über Jesu Leichnam trauernde Maria zeigen und das Licht in bunte Strahlen brechen, in Moscheen aus gelbem Backstein, umgeben vom Geruch hart arbeitender Füße, in Tempeln, wo uns beim Anzünden von Räucherstäbchen immer die Streichhölzer abbrechen, während Buddha mit seinen halb geschlossenen schläfrigen Augen auf uns herablächelt – *Was hast du denn heute?*, fragen unsere Großmütter –, trauen sich manche von uns nicht zu beten. Alles gut, Oma, sagen wir, und drücken ihre Hand. Wir fragen uns, ob Gott unsere Gebete erhören wird (*Gott, bitte gib mir einen Körper, den ich lieben kann. Bitte hilf mir, Gott, stark genug zu sein, es meiner Familie zu sagen. Gott, bitte gib mir Flügel, dass ich diesen Ort verlassen kann.*). Falls wir denn beten. Brave »Mädchen«, wir sind brave Mädchen.

PFLICHT

Die Fleißigsten von uns bestehen Anatomie & Physiologie I und II, Organische Chemie, Mikrobiologie, Pathologie, Pharmakologie, und schaffen es zum klinischen Rotationspraktikum. Am Ziel! Jetzt sind wir fast Krankenschwestern, Physiotherapeutinnen und Arzthelferinnen. (Nur sehr wenige von uns werden Ärztinnen. *Zu langes Studium,* hatten unsere Mütter gesagt, als einige von uns zaghaft um Erlaubnis baten. *Zu teuer.*) Wir setzten unsere Ausbildung am Jamaica Hospital fort, am Elmhurst Hospital, am SUNY Downstate. Wo Drogenabhängige, Betrunkene und Menschen mit verschorften Venen uns nicht beim Namen nennen. *Wo ist diese Punjabi-Schlampe? Ich hab gesagt, ich will nicht von einer Schwarzen Krankenschwester behandelt werden. Verpiss dich aus meinem Zimmer. Ich will jetzt eine Schwester, die Englisch spricht,* sagen sie. *Keine scheiß Ching-Chang-Chong.* Wir richten unsere Kittel, bespritzt mit dem Blut und der Scheiße anderer Leute. Unsere Waden brennen nach Nächten, in denen wir von einem Körper zum anderen eilen. *Nichts geht über eine Karriere im Gesundheitswesen,* haben unsere Mütter, selbst seit zwanzig, dreißig Jahren im medizinischen Bereich tätig, uns immer versichert. *Außerdem werde ich für keinen weiteren Abschluss zahlen.* Wir fügen uns. Unsere Mitpraktikantinnen spritzen Patienten Morphium, hieven eine Diabetikerin ins Bett, wischen mit einem Tuch Erbrochenes vom Kinn eines Betrunkenen. Während wir betont gelassen in die Abstellkammer treten, die zwischen Zimmer 6B und einem Verkaufsautomaten eingezwängt ist. *Dr. Roberts in die Notaufnahme bitte, Reanimation,* hören wir über die Rufanlage direkt vor der Tür. Uns laufen Tränen über die Wangen, trist und heiß. Ein praktischer, sicherer Job für eine pflichtbewusste Tochter.

Aber die Rücksichtslosesten, Eigensinnigsten – und Ehrlichsten – von uns legen die Masken ab, als die Noten nach dem zweiten Semester unsere Mittelmäßigkeit offenbaren:

Grundlagen der Wirtschaftswissenschaft = 3-
Programmieren mit Java = 4-
Moderne Biologie = 4-
Statistisches Argumentieren = 6

Wir haben ein offizielles Schreiben erhalten, in dem uns mitgeteilt wird, dass wir *die Mindestanforderungen an den Notendurchschnitt nicht erfüllt haben und daher eine Verwarnung wegen nicht zufriedenstellender akademischer Leistungen ausgespro-*

chen wird. Man warnt uns: *Das nächste Semester mit einem ungenügenden Notendurchschnitt hat den Verweis von der Universität zur Folge.* Fuck you, murmeln wir und zerknüllen die Briefe mit ihrem geprägten Briefkopf (und entknüllen sie, um sie noch mal zu lesen). Wir lassen uns aufs Bett sinken, weil wir wissen, dass unsere Eltern uns zur Sau machen werden.

Nach zwei Wochen schlagen wir die Bettdecken zur Seite, die dringend mal gewaschen werden müssten, bahnen uns den Weg durch Schüsseln mit eingetrockneten Eisrändern. Duschen. Werden unseren Kartoffelgeruch los, aber nicht unseren Frust. Um verfickt noch mal bessere Laune zu bekommen, fahren wir mit der U-Bahn zum MoMA, zum Met (unser Wahlfach, Ateliermalerei = 1). Finden Trost in Dalis schmelzenden Uhren, van Goghs welkenden Sonnenblumen, stürzen in den Abgrund des Rachens von Munchs *Der Schrei*, starren gebannt auf die indigoblauen Flächen von Rothkos *Nr. 61 (Rust and Blue)*. Wir nehmen die U-Bahn zur West 4th, gehen ins Arthouse-Kino IFC, gegenüber von McDonald's und dem alten Basketballkäfig. Sehen den Schweiß auf der Stirn der Spieler, wenn sie vorschnellen und ausweichen, slamdunken. Im IFC kaufen wir Karten für die Miyazaki-Retrospektive, wo seine Filme in Endlosschleife laufen. Wir tupfen uns eine Träne aus dem Augenwinkel, als Chihiro sich an den Namen des Flusses erinnert und der Flussgott befreit wird. Danach suchen wir uns einen Platz auf den Bänken im Washington Square Park, neben einem Mann im Tutu und einem NYU-Studenten, der ein Gedicht anbietet, kostenlos. Wir füllen die leeren Seiten unserer Mikroökonomie-Notizbücher mit Skizzen. Wir gehen zum Strand Bookstore, klettern auf eine Leiter, um ganz oben aus einem drei Meter hohen Regal *1984* zu ziehen. *Ist super*, haben unsere Brüder gesagt. Wir zahlen 8,62 Dollar für ein gebrauchtes Exemplar. Verschlingen den Roman in einer einzigen Nacht.

Am nächsten Tag erklären wir im Gespräch mit einem schlaftrunkenen Studienberater Kunst zu unserem Hauptfach. (*Du hast* was *gemacht?!*, schreien unsere Brüder, als wir sie auf dem Handy anrufen, im Hintergrund der Lärm von Presslufthämmern und Bohrmaschinen).

Kunst, unsere Retterin, Bezwingerin – nein, Gefäß – unseres Frusts.

Rufen unsere Väter, Mütter an. Berichten ihnen die Neuigkeit. *Kunst?*, sagen sie. *Und wovon willst du leben? Du machst uns nur Schande!* Sie legen auf, bevor wir die Möglichkeit haben, es ihnen zu erklären (nicht, dass Erklärungen etwas ändern würden). Wir stehen auf Feuerleitern unserer Wohnheime am Hunter College, Fordham, St. John's, Columbia. Wir sind nicht weit weggezogen. Sorgfältig werfen wir unsere Notizhefte in die Müllcontainer unter uns. Atmen aus. Fühlen uns, als erwachten wir aus einem bösen Traum.

UNSERE BRÜDER

**New York State Record of Arrest and Prosecution
Anklagepunkte:**

1 – NY Strafgesetzbuch § 220.16: Drogenbesitz
mit der Absicht, Handel zu treiben (PWID), dritter Grad.
Verbrechen der Klasse B. Plädoyer: Schuldig.
2 – NY Strafgesetzbuch § 220.44: Verkauf von
Betäubungsmitteln auf einem Schulgelände oder in
dessen näherer Umgebung. Verbrechen der Klasse B.
Plädoyer: Schuldig.

*Zwei Jahre und drei Monate. Wallkill, Ulster, Wood-
bourne, Mohawk, Bare Hill Correctional Facility. Jun-
ger Mann*, sagt der Richter, *lassen Sie es sich eine
Lehre sein.* Der Knall des Hammers auf Holz hallt im
Gerichtssaal wider, wo wir neben unseren Müttern
und Vätern sitzen, die sich fragen: *Wie konntest du
das nur tun? Wir haben dir alles gegeben. Alles!* Als
hätten sie damit, dass sie ins gelobte Land, das Land
der unendlichen Möglichkeiten immigrierten, bereits
den Erfolg ihrer Nachkommen gesichert. Wir wurden
nach Hause beordert fürs Wochenende. Wir haben den

Chefs bei unseren Teilzeitjobs und Praktika gemailt und um zwei freie Tage gebeten, haben Verabredungen mit Freunden, Lerngruppen und potenziellen Geliebten abgesagt, die alle nichts von unserem Leben im miesen Teil von Queens wissen.

In den Betten unserer Kindheit liegend, malen wir uns die Szene im Kopf aus, stellen sie uns im Detail vor: Unsere Brüder, unsere schönen Brüder, dealen mit Dexedrin, Percocet, PCP-versetztem Gras, Ecstasy, Vicodin. Sie dealen an den staatlichen Colleges LaGuardia und Nassau und an Privatunis wie Hofstra, Molloy und NYIT auf Long Island. Verkaufen an Studierende, von denen einige ihre Mitschüler waren. Sehen diese Leute unsere Brüder überhaupt? Und sehen unsere Brüder sie – oder sind sie für sie nur reine Ausbeutungsobjekte, Mittel zum Zweck? Wir stellen uns ihre geröteten Augen vor, wie sie nie schlafen wollen. Unsere Brüder, zugedröhnt, neben ihnen. *Ich werde ein paar Jobs auf dem Bau machen, Geld sparen und dann jetten.* Blaue Lichter, rote Lichter blinken. Das ohrenbetäubende Heulen der Sirenen, so laut, dass es die Musik übertönt. Die Hände unserer Brüder bereits an Türklinken, fast schon draußen. *Lassen Sie die Hände, wo ich sie sehen kann. Ich wiederhole: LASSEN SIE –.* Die Zivilpolizisten legen ihnen Handschellen an. Unsere Brüder, unbesiegbar, bis sie es nicht mehr sind.

(Ikarus mit angesengten Flügeln, in freiem Fall.)

In der letzten Nacht unserer Brüder in Queens schauen wir durch den Türspalt in ihre Zimmer, nicht größer als eine Schachtel. Wir sehen sie auf dem Boden liegen, mit leicht geöffneten Lippen, den Blick zur Zimmerdecke gerichtet.

Aber Jungs weinen nicht. Jungs weinen nicht. (Jungs schluchzen.) Bevor sie am nächsten Morgen das Haus verlassen und unsere Väter sie nach Wallkill, Ulster, Woodbourne, Mohawk, Bare Hill fahren, verabschieden wir uns mit einer Umarmung. Atmen den Tabak-und-Kiefer-Duft des Deodorants auf ihrer Haut ein. Wir besuchen dich bald, sagen wir. Unsere Mütter haben Mühe, sich von ihnen zu verabschieden. Sie sind so wütend, dass sie ihren Söhnen kaum ins Gesicht sehen können. (Frage: Ist Wut vererbbar?) Stattdessen sagen unsere Mütter nichts. Nicht ein einziges Wort. (Und Schweigen auch?) Wenn die Minivans unserer Familien um die Ecke biegen und verschwinden, verschwinden auch unsere Brüder, als ob es sie nie gegeben hätte. Erst dann schleichen wir uns in ihre Zimmer. Kriechen in ihre Betten, die sich wie Särge anfühlen.

TRISH

Wir sind nicht da, auf der Kreuzung Mariposa Avenue und A Street in L.A., wo dürre Palmen zwischen Gehweg und Straße stehen und wie Sensen in den frühen Morgenhimmel ragen. Wir sind nicht da, als eine Frau, eine Anwohnerin, die um 5:30 Uhr morgens an ihre Haustür gelehnt ihre erste und einzige Zigarette des Tages raucht, wie die letzten zwanzig Jahre auch, von einem Mercedes erschreckt wird, der die schmale Straße hinaufgerast kommt. Wir sind nicht da, als sie den Wagen zunächst ins Schleudern geraten und dann in einen geparkten Pick-up krachen sieht, der ihrem Nachbarn zwei Häuser weiter gehört. Wir sehen nicht, wie der Mercedes in Flammen aufgeht, spüren nicht, wie die Hitze des Feuers die Haut der Frau erreicht, riechen nicht das brennende Gummi und Metall, den Rauch – chemisch, erdrückend – der in die Häuser dringt, alle gebaut im Mission-Revival-Stil, und die Bewohner aus den Träumen reißt. Hust, hust. Keuchen. *Wach auf!*

Nein. Wir sind dreitausend Meilen entfernt, in New York City. Wir sind in Boston, Philadelphia, D.C. und anderen Orten an der Ostküste. Wir sind nicht weit weggezogen. Wir haben vor zwei Jahren das College verlassen – amerikanische Mädchen mit amerikanischen Abschlüssen. (Egal, dass einige von uns Kunst und andere so genannte *nutzlose Fächer* studiert haben – Politikwissenschaft, Englisch, internationale Beziehungen, sogar Biologie – alles, was nicht auf einen klaren Beruf hinführte, kein direkter Weg zu unserem zukünftigen Selbst war. *Aber was*, werden wir immer wieder gefragt, *willst du mit dem Abschluss denn werden?* Als wir unser Examen hinter uns hatten, sagten unsere Familien: *Abschluss ist Abschluss!* Subtext: Auch wenn diese Abschlüsse nicht für Essen auf dem Tisch sorgen. Sub-Subtext: Wir sind so amerikanisch, dass wir glauben, unsere Collegeabschlüsse haben nichts mit einer echten Berufsausbildung und Gehältern zu tun. Das ist unser Privileg.) Viele von uns waren die Ersten in unseren Familien, die in Amerika ein Studium abgeschlossen haben. Andere von uns waren die Ersten ihrer Familie, die überhaupt auf eine Uni gingen. All unsere Eltern haben uns eingetrichtert, *etwas aus uns zu machen.* Und das haben wir auch – oder? Jetzt jedoch, in diesem Moment, haben wir keine Ahnung, was gerade auf der Mariposa passiert. Wir sind nicht da, als die Anwohnerinnen in Schlafanzügen aus ihren Häusern kommen, um nachzusehen, was los ist, und hören nicht die Sirenen in der Ferne, die langsam näherkommen.

Wenn es in Kalifornien 5:40 Uhr ist, ist es 8:40 Uhr in New York, Boston, Philly und D.C. Wir hetzen zur

Arbeit, schon wieder zu spät, mit Pappbechern in der Hand, aus deren Plastikdeckeln der Kaffee spritzt und uns die Hände verbrüht. Manche von uns sind bereits in Büros und werden virtuell oder von Angesicht zu Angesicht von Kunden und Chefs zusammengestaucht. Es ist zu früh für diesen Scheiß, denken wir. Wir malen uns aus, Pappfiguren von uns zu basteln und vor unsere Bildschirme, an unsere Schreibtische zu setzen – es würde eh keiner bemerken. Andere von uns sind die ganze Nacht wach gewesen, um mit schriftlichen Hausarbeiten und der Lektüre für die Grad School fertig zu werden. Wir studieren Bildungspolitik, Einwanderungsrecht, moderne Lyrik, Genetik. Uns fallen fast die Augen zu in Laboren, Bibliotheken und bei der Betreuung von Studierenden, die uns mit ihren Stiften wach pieken. *Professorin? Professorin!* Viele von uns verlieren sich in Tagträumen über unsere Dates am Abend mit dem Assistenzarzt, der Journalistin, der Softwareentwicklerin, dem Doktoranden. Wir überlegen, ob wir nach der Arbeit noch Zeit haben, ins Blink Gym oder zu Soul Cycle zu gehen. In Gedanken sind wir schon bei der Happy Hour. Wir können es kaum erwarten, einen Cocktail, ein Bier – oder wissen Sie was? Machen Sie gleich zwei! – zu bekommen, weil der Tag ohnehin schon scheiße ist. (Wir würden uns nicht als funktionierende Alkoholikerinnen bezeichnen.) Viele von uns sind immer noch stinksauer über die Beförderung, die wir nicht bekommen haben, die »unbefriedigenden« Arbeitszeugnisse, die nicht so tollen Rezensionen und Kommentare zu unseren letzten Galerieausstellungen, Tanzaufführungen, Artikeln.

Kurz gesagt: Wir sind mit uns selbst beschäftigt.

Nein, wir sind nicht da, auf der Mariposa Avenue, als die Feuerwehrleute den brennenden Mercedes löschen und die Sanitäter das brown Girl aus dem zerquetschten Wrack ziehen – *ein Glück das einzige Todesopfer!*, sagen die Anwohner. *Gott im Himmel, auf was war* die *denn?* Wir sind nicht dabei, als der Arzt seinen Bericht schreibt: *Weiblich, vierundzwanzig Jahre alt. Schädel-Hirn-Trauma mit Schädigung des Frontallappens, Verbrennungen auf 90% der Körperoberfläche. Bei Ankunft tot. Todeszeitpunkt: 5:47 Uhr.*

Wir sind nicht dabei, als eine Rettungssanitäterin ein weißes Laken über ihren leblosen Körper legt.

(Aus der Vogelperspektive sieht der weiße Stoff aus wie ein Stück Schnee.)

Und wir sind auch nicht da, als zwei Polizeibeamte des Abschnitts 106 in Queens – nach einem Anruf der Kollegen in L.A.– zum Haus ihrer Eltern fahren. In der Küche, wo sie früher immer aß, kocht ihre Mutter gerade das Abendessen, Chicken-Curry mit braunem Reis. Ihr Vater, der heute früher von der Arbeit zu Hause ist, sieht die Achtzehn-Uhr-Nachrichten.

Klopf, klopf.

Ja?

Bitte setzen Sie sich.
Es tut uns sehr leid, Ihnen diese
Nachricht überbringen zu müssen.

Drei Tage später, nach Trishs Beerdigung auf Long Island – Long Island, das unsere Familien immer als bessere Gegend bewunderten, sauberer, ruhiger, weitläufiger und natürlich weißer, kurzum alles, was Queens nie sein wird – versammeln wir uns im Haus ihrer Eltern. Wir haben uns seit Monaten, seit Jahren nicht gesehen. Wir starren auf ein Foto von Trish, das auf dem Couchtisch im Wohnzimmer steht, wo sie immer ihre Hausaufgaben gemacht und mit uns telefoniert hat. Das Foto zeigt sie am Tag ihres Schulabschlusses, Townsend Harris High School. Die Quaste des Hutes berührt ihre Schläfe und hängt ihr fast ins linke Auge. Sie verschränkt die Hände hinter dem Rücken und neigt den Kopf leicht zur Seite – das Bild eines beherrschten, respektvollen Mädchens. Gehorsam, brav.

Aber einige von uns sehen etwas Schräges in ihrem Blick.

Nehmt euch in acht, ihr Wichser, sagt ihr Lächeln.

***

Weißt du noch, als?, fangen unsere Geschichten an und erstrecken sich über den ganzen Abend, bis wir zu müde, zu traurig, zu betrunken, einander überdrüssig sind und uns wieder einfällt, wie unbedingt wir wegwollen von hier und – wisst ihr noch, wie sie mir zum zwölften Geburtstag einen Funfetti-Kuchen gebacken hat und ich in der Kantine so tun musste, als würde ich die Kerzen ausblasen? Wisst ihr noch, wie sie: *Fickt euch!* zu Vanessa Kleinberg und ihrer Clique sagte, nachdem die zu Shay gesagt haben, dass sie stinke und sie zum Weinen gebracht haben? Wisst ihr noch, wie sie uns in der High School dazu brachte, Amandas Saris anzuziehen und mit der U-Bahn zum Times Square zu fahren, um dort ein Video von uns für ihren Filmkurs zu drehen?

Eine von uns, Rachael, sagt: In unserem ersten Collegejahr – sie ging aufs Fashion Institute of Technology, ich auf die City University – lud sie mich mal zu einem Festival ein, wo auch ihr Film gezeigt wurde. Der, für den sie den Preis bekam. Ich weiß noch, dass sie ein schwarzes Mesh-Kleid trug, das mit winzigen Perlen bestickt war. Sie sah so irre selbstbewusst und stylish aus, als sie auf der Bühne ihren Preis entgegennahm. Bei der Party danach waren diese ganzen Rich Kids. Ich sah es ihnen an, dass sie steinreich waren, und zwar einfach nur dadurch, wie sie sich bewegten. Und ich lag nicht daneben – sie erzählten mir von ihren Eigentumswohnungen im Village, und dass sie ihre Filme durch Trust Funds finanzierten. Als Trish gewann, war ich so krass stolz auf sie. Irgendwann später meinte sie zu mir, ich solle mal kurz hier draußen warten, vor einem Zimmer, und klopfen, wenn jemand reinkommen wolle. Nach zwanzig Minuten habe ich mich gefragt, was so ewig dauert da drin, und einfach die Tür aufgemacht. Und da stand Trish mit diesen vier anderen Mädchen, alle die Nasen auf der Tischplatte. Ich habe die Tür wieder zugemacht, aber erst, als sie mir in die Augen gesehen hatte. Dann bin ich gegangen. Ich wollte dort einfach nicht mehr sein. Trish rannte mir noch hinterher, immer meinen Namen rufend. Ich bin aber einfach zur U-Bahn gerannt, bevor sie mich einholen konnte. Wisst ihr noch, wisst ihr noch.

Das war das letzte Mal, dass ich sie gesehen habe.

***

Auf Wiedersehen, Ms. Singh, rufen wir ihrer Mutter zu, als wir gehen. Geben ihr ein Küsschen auf die Wange.

Danke, dass ihr da wart, Mädchen, kommt gut nach Hause.

Wir nicken einander kurz zu. Lächeln uns halbherzig an und geben uns noch halbherzigere Versprechen. Bis zum nächsten Mal, sagen wir, machen aber keine Pläne. Wir heben die Hand und winken uns zum Abschied zu, aber als wir unseren Händen zusehen, wie sie sich hin und her bewegen wie Scheibenwischer, kommen wir uns plötzlich doof vor. Als wir die Oberkörper vorbeugen für Umarmungen, so wie wir Trish am Mittagstisch umarmten, sind die Umarmungen unbeholfen. Distanziert. Dieses Mal ohne Trish.

Wir kehren in unsere Wohnungen zurück. Zum Abwasch in der Spüle, Badezimmern mit Wannen, die dringend mal geschrubbt werden müssten, zu drei, vier, fünf Mitbewohnern, zu Freunden, die uns unter der Bettdecke beruhigend den Rücken küssen. Wir schließen die Augen.

Als wir sie wieder öffnen, begrüßt uns eine Stimme – Trishs. In unseren Träumen sind wir wieder elf, zwölf Jahre alt. Trish hat die Schuluniform ihrer Middle School an, mit weiten Polyesterhosen, die an ihrem schmalen Körper lose herabhängen. Sie lehnt sich an einen leeren Fahrradständer auf dem Schulhof. Über uns kreisen und kreischen die Möwen. Der Himmel ist bewölkt und hat die gleiche Farbe wie der Asphalt. Sie ruft noch mal unsere Namen. Wir gehen nicht zu ihr hin. Noch nicht. Wir lassen den Moment auf uns wirken. Da ist sie wieder, unsere alte Freundin, lächelnd.

TEIL VIER

DIE, DIE GEHEN &
DIE, DIE BLEIBEN

Was gibt's Neues bei dir?, ist die Frage, die wir uns, wenn wir zurück zu Besuch sind, von unseren Freundinnen, die im miesen Teil von Queens geblieben sind, erhoffen, die sie aber nie stellen. Wir sind aus der Gegend hier weggezogen, vor fünf Jahren, nach dem College. Aber unsere Freundinnen, die hiergeblieben sind, wollen sich vierzig Minuten lang darüber unterhalten, welche unserer ehemaligen Mitschülerinnen sich schon wieder hat schwängern lassen. Mal im Ernst, wer ist so dumm, ZWEIMAL aus Versehen von irgendwem schwanger zu werden?, sagen sie. Sie nutzen unsere gemeinsame Zeit dafür, zu erzählen, welche bescheuerten Serien sie acht Stunden am Stück auf Netflix geschaut haben, in welchen Bars mit Namen wie Party Gyal sie ihren Lohn verfeiert haben und welche schimmlige Wasserpfeife sie auf der Jamaica Ave geraucht haben. Einige unserer alten Freundinnen beschreiben ausführlich jedes einzelne Kleidungsstück, das sie in der Queens Center Mall gekauft haben, und was sie für jedes Teil bezahlt haben. Im Schlussver-

kauf bei Macy's, sagen sie, habe ich diesen olivgrü-
nen Pea Coat für siebenunddreißig Dollar gefunden,
diese Stiefel von Steve Madden mit total süßen Schnal-
len an den Knöcheln für neunundzwanzig Dollar, ein
Calvin-Klein-Kleid zum halben Preis für fünfundvier-
zig, aber ich glaube, ich gebe es zurück und nehme dieses *ANDERE* Kleid für blablabla. Uns fällt auf, dass die
Freundinnen, die am wenigsten verdienen, am meisten
shoppen. Wir leben nicht mehr zu Hause wie unsere
Freundinnen, die endlos über ihre Wochenenden in
Malls und Abende auf tristen Partys erzählen, und wir
fragen uns, ob das wirklich die interessantesten Er-
eignisse im Leben unserer Freundinnen sind. Uns fällt
auf, dass keine von ihnen ihre Trennung, ihre Kündi-
gung, ihre Familie oder irgendwas anderes Wichtiges
erwähnt, bis wir nachfragen.

Was gibt's Neues bei dir? Wenn sie es *doch* fragen, wollen sie es nicht *wirklich* wissen. Wir erzählen ihnen nicht von dem Dokumentarfilm, den wir gerade drehen, von unseren Beförderungen zum Creative
Director, Senior Business Analyst, zur Schulleiterin,
wir erwähnen nicht die Forschung für unsere Dok-
torarbeiten über Public Policy, Genomsequenzierung
und die internationalen Beziehungen im Kalten Krieg.
Wir machen nicht denselben Fehler wie bei unserem
ersten Besuch, nachdem wir weggezogen waren, und
von den Sachen erzählten, die uns begeisterten. Als
wir es taten, waren wir irritiert, dass in ihren Augen

Neid aufblitzte. Wenn wir sie einladen, uns doch mal in den Gegenden zu besuchen, wo wir jetzt leben, in Manhattan, Brooklyn, den trendigeren Teilen von Queens, prusten sie und sagen: Ey, du Yuppie. Also antworten wir stattdessen: Ach, nichts Neues. Alles beim Alten. *Hältst du dich für was Besseres?* Wegziehen, sagen sie, warum sollten wir je hier wegziehen?

Aber die von uns, die bei ihren Familien in Queens geblieben sind, auch wenn ein paar von uns in eigene Wohnungen im selben Viertel gezogen sind, reagieren unaufgeregt, wenn unsere Freundinnen, die weggegangen sind, zu Besuch kommen. Wir wissen, dass diese Mädchen einen Scheiß geben auf Loyalität, dass sie sie nicht einmal erkennen würden, wenn sie ihnen direkt in ihre selbstgefälligen, arroganten Gesichter schlüge. Wir wissen, dass diese Mädchen sich einen *Dreck* um irgendjemand anderen als sich selbst scheren oder irgendwas außerhalb ihrer bescheuerten kleinen Welt. Sie helfen ihren Müttern nicht, ihre Hypotheken abzuzahlen, es ist ihnen scheißegal, dass ihre Väter ihre Jobs verloren haben und keine neuen finden. Sie gehen nicht Lebensmittel einkaufen, sie fahren ihre Großmütter nicht zur Physiotherapie. Sie erinnern sich nicht an den Klang der Stimme ihrer Mutter nach einer Schicht im Krankenhaus, wenn sie sagt: *Ich bin so müde.* Sie hören unbeteiligt zu, wenn wir uns besorgt zeigen über die vielen MAKE-AMERICA-GREAT-AGAIN-Schilder in den Straßen, in denen wir aufgewachsen sind. Stattdessen unterdrücken sie ein Gähnen und sagen: Na ja. Man muss einfach nach vorne schauen. Wir beißen die Zähne zusammen und starren sie an – seit wann ist ihnen das alles scheißegal? Sie gehen einfach davon aus, dass sich hier seit ihrem letzten Besuch nichts verändert hat, tragen ihre Designeruhren, seufzen und schielen auf die Uhrzeit, denken, wir bemerken nicht das Mitleid in ihren Augen, wenn sie zurück zu Besuch sind. Wir müssen uns zusammenreißen, ihnen nicht das herablassende Lächeln aus dem Gesicht zu klatschen. Wir müssen uns das Lachen verkneifen, wenn sie reden – so tun, als kämen sie nicht selbst aus diesem Viertel. Als ob sie irgendwo anders geboren wären. Unsere Freundinnen, die weggegangen sind, wollen einfach glauben, dass sich nichts geändert hat, und haben doch die ersten Schritte von Hemas Tochter verpasst und waren die letzten, die vom Schlaganfall von Rose' Mutter erfuhren. Sie wissen nicht, dass Sheila mittlerweile zwei Jobs hat, dass Maryam nach dem Übergriff zurück an die Uni gegangen ist und ihren Abschluss gemacht hat – wir sind so megastolz auf dich, hatten wir zu ihr gesagt. Sie kamen nicht auf einen Drink, um mit Ebony auf ihr bestandenes Staatsexamen anzustoßen, oder zu Kims Abschiedsparty, bevor sie zum Friedenskorps ging. Aber vielleicht waren sie ja auch gar nicht eingeladen worden.

Nein, unsere Freundinnen, die weggegangen sind,

haben keinen Schimmer. Sie haben diese Straßen vergessen. Aber das ist der Unterschied zwischen ihnen
und uns: Wir vergessen nicht. Wir sind nie zu Fremden geworden.

HYPER / SICHTBAR / UN / SICHTBAR

Brown Girls brown Girls brown Girls, die – um es kurz zu machen – große Nummern geworden sind. Die auf Bühnen in London, Sydney, Hongkong und vor Auditorien in Princeton, an der NYU, in Oxford sitzen, die auf Panels sprechen und Interviews geben und Konferenzen leiten und als Expertinnen zum Thema X, Y und Z zitiert werden. Die Dinge sagen wie: *Die unterschiedlichen Weisen, wie* und: *Die Schnittmenge von* und: *Es ist offenkundig, wie dieses Werk sinnbildlich für …* blablablabla. Gottogott! Entschuldigung, könnte uns bitte jemand die Zungen rausschneiden? Wir fassen uns an die Masken, die zu tragen wir gelernt haben, starren in Spiegeln auf unser »besseres« Ich. Bibiothek. Sorry, sorry – Bib-bli-bo-thek. Wir stottern: Bi-bi-bi-liothek. Bibliothek. Man gratuliert uns: *Was für ein hervorragender Vortrag von Ihnen! Wirklich großartig!* Wir kneten unsere Hände, während wir angestrengt lächeln. Danke!, zwitschern wir. Es ist so toll, gut zu sein! Es ist so toll, gut genug zu sein.

Danach hocken wir auf Klos in Toilettenräumen

mit Lufterfrischern, die in regelmäßigen Abständen automatisch Gurken-Melone-Aroma versprühen – ein Duft, der den unterschwelligen Geruch von Pisse und Scheiße nicht ganz zu überdecken vermag. Wir greifen nach dem Rand unserer Masken und stellen fest, dass wir sie nicht vom Gesicht gerissen bekommen.

Wir erhalten Anerkennung für unsere Arbeit. *Wie fühlt es sich an, als* Woman of Color *in Ihrem Bereich* SO VIEL *erreicht zu haben? Wie denkt Ihre Community über Ihre Arbeit?* (Sind Sie Heldin, Verräterin, Retterin?) *Wie sehen Sie, im Hinblick auf Ihre Kunst, Ihre Forschung, die Lage der* [setzen Sie ein Wort ein] *in den USA?* Den Rassismus, die Immigration, den neu gewählten Präsidenten, vorher Geschäftsmann und Reality-TV-Star – wussten Sie, dass er auch aus Queens stammt? Wir verkrampfen. Wir sind entschlossen, unsere Antworten unpolitisch zu halten, damit wir niemanden vor den Kopf stoßen. Wir wollen nicht die Hand beißen, die uns füttert. Denn wir sind die *guten Einwanderertöchter*, die *Ach-so-hart-Arbeitenden*, die *Musterbeispiele des amerikanischen Traums*, richtig? (Aber für was? Für wen?) Niemand fragt nach der Arbeit selbst. Wir sind so sichtbar, dass wir unsichtbar geworden sind. Seltsam, dass wir in diesem Moment, von dem wir geträumt haben, gesichtslos sind.

KUNST

Kunst, unsere Retterin, Bezwingerin – nein, Gefäß – unseres Frusts!, hatte unser achtzehnjähriges Selbst einst verkündet. Doch jetzt, als wir älter werden, erkennt unser Endzwanziger-Selbst die Wahrheit: Unser Frust ist allgegenwärtig.

Frust, wenn unsere Worte, unsere Choreografien, unsere Skulpturen und Filme und Essays nicht auszudrücken vermögen, was wir uns vorgestellt und vorgenommen haben. Frust, wenn von unserer Arbeit erwartet wird, dass sie den Anliegen unserer sogenannten »Communities«, unserer »Kulturen« Ausdruck verleiht. Frust, wenn wir das Gefühl haben, in eine Schublade gesteckt, einen Käfig gesperrt worden zu sein, oder behandelt werden, als wären wir eine undurchschaubare Spezies, die man unter dem Mikroskop oder aus sicherer Entfernung beobachten muss. Frust, wenn unsere Arbeit missverstanden wird, als unzureichend empfunden – *behandelt das Thema der Identität nicht stark genug, ein schlechtes Beispiel für die Jugendlichen in unserer Community, wenig lehrreich, ohne moralische Klarheit, ein kaum repräsentatives Abbild, warum hast du dich entschieden, X auf diese Weise darzustellen?*, und: *Wie kannst du dir anmaßen, für alle zu sprechen?* (Aber, wenden wir ein, wir haben doch nichts von alledem versprochen!) (*Pech gehabt. Als Vertreterinnen eurer Hautfarbe sprecht ihr nun mal für alle!*) Frust, wenn von uns erwartet wird, dass wir klar dechiffrierbar, gefällig, angemessen zu sein haben. (Aber für wen? – PSST!) Frust, wenn wir das Gefühl haben, nie zu genügen, nie genügen zu werden.

Diese Stimmen bringen uns zur Verzweiflung, bringen uns dazu, Kompromisse einzugehen, uns anzubiedern, Dinge zu unterdrücken, zu verleugnen. Uns auszulöschen. In schwachen Momenten, wenn wir auf diese Stimmen hören, mit ihren unausgesprochenen Erwartungen, bewusst böswillig oder einfach nur ignorant (aber macht das letztlich einen Unterschied?), mit ihren expliziten oder unterschwelligen Botschaften – hassen wir uns. Wir erschaffen Werke, die lediglich vorgeben, Kunst zu sein: hohle Gebilde ohne innere Wahrheit. Wir verachten unsere Arbeiten. Wir verachten uns selbst.

Kunst, unser Gefängnis.

AMNESIE

Wir vergraben uns tiefer in den Kissen, wenn der Wecker klingelt, an einem Morgen, der sich anonym anfühlt, wie alle anderen vor ihm. Wie immer schlurfen wir vom Bett ins Bad, putzen uns die Zähne, ziehen uns Hosen an, streifen Krägen glatt. Wir kommen irgendwie durch den Tag, bis uns dämmert, langsam, während wir uns umblicken, dass alle, mit denen wir zu tun haben – unsere Kollegen (weiß), unsere Chefs (weiß), unsere Nachbarn (weiß), unsere Freundinnen vom Yoga (weiß), die Familien, die uns im Urlaub umgaben (weiß), unsere Ex-Lover (überwiegend weiß) und unsere aktuellen (weiß), die Baristas (weiß), unsere Dog Walker (weiß) und sogar die Frauen in unserem gottverdammten Nagelstudio (weiß) – alle weiß sind. Wann ist es so weit gekommen? (Sind auch wir w… PSST! Sag. Kein. Einziges. Wort!) Auf diese Erkenntnis hin stürzen wir aus unseren Büros und Eigentumswohnungen an der Upper East Side, in Chelsea, im Financial District und kramen nach den Schlüsseln für unsere BMWs, Mercedesse und Teslas, die sich einige von uns, ja, sogar in dieser Stadt, leisten können. Wir rasen Straßen hinab, fluchen über

Fußgänger, die bei Rot über die Straße gehen. Verfluchen uns. Wir fahren wie die Irren, wechseln Spuren, fädeln ein und nehmen Abfahrten. Wer zur Hölle sind wir?, denken wir. Im Radio: die Stimme des Präsidenten. Moderatoren, die seine neueste toxische Äußerung besprechen.

Während wir über die Straßen fliegen, erinnern wir uns an einen Vorfall Anfang der Woche, eine Erinnerung, die wir gehofft hatten, verdrängen zu können. Während der Happy Hour mit unseren Kollegen und Chefs, bei Dates mit Leuten von Dating-Apps, bei Abendessen mit unseren potenziellen Schwiegereltern und sogar beim Mittagessen mit eigenen Verwandten, die wir seit Monaten nicht mehr gesehen hatten, war der Satz gefallen: *Er macht einen super Job als Präsident, oder?* Als wir das gefragt wurden, erstarrten wir vor Verwirrung. Antworteten, indem wir irgendwas Vages murmelten. Aber andere von uns – die schon zu sehr Teil dieser neuen Welten geworden sind, in denen wir jetzt leben, zu bemüht um die Akzeptanz und Wertschätzung unserer Kollegen und Lover und Schwiegereltern, zu ignorant, um selbst zu denken – stimmten zu. *(Marionetten auf einer Bühne, Scheinwerfer heiß und blendend.)* Andere von uns sagten einfach nichts. *(Brave Mädchen. Versaut es euch nicht!)*

Manche von uns kämpften jedoch, als sie das hörten, mit dem Drang, laut zu schreien.

Jetzt aber halten wir uns nicht mehr zurück.

Unsere Schreie klingen uns in den Ohren nach, verflüchtigen sich in den diesigen Himmel.

Aus einem Impuls heraus rasen wir über die Brooklyn Bridge. Wir fahren an den Straßen mit glänzendem Kopfsteinpflaster und den Brownstones in Dumbo und Brooklyn Heights vorbei – nein, nein, nein, nein, denken wir – und weiter Richtung Süden. Irgendwann kommen wir zu einem Kreisverkehr, umstanden von vollbelaubten Bäumen, und können nur vermuten, wo wir wohl sind – Midwood? Lefferts Gardens? Eine Prozession mitten auf der Straße zwingt uns zum Abbremsen. Eine Hochzeitsfeier. Wir sehen uns die spulenförmigen Pelzhüte auf den Köpfen der chassidischen jüdischen Männer an. Die Familien sind ausgelassen, singen. Wir verspüren einen Anflug von Neid.

Wir rasen weiter nach Süden. Sehen die Mehrfamilienhäuser, die zweistöckigen Reihenhäuser, die immer schäbiger und kastenförmiger werden, weil man beim Bau hier weniger auf Schönheit achtet als auf knappe Baubudgets. Wir sehen immer mehr Discountläden: Save-A-Thon, SuperDeal 99¢ und COOKIE'S, dessen Logo HIGH FASHION, LOWEST PRICES! verspricht. Wir fahren an einer riesigen Halle der Zeugen Jehovas und Jazzy's Beauty Supply vorbei, das mit PERÜCKEN SALE! wirbt. EBT-Schilder in roten Druckbuchstaben ziehen an uns vorüber, neben Getränkemärkten mit ausgeblichenen Markisen und Delis mit Blumensträußen in grellen Farben vor der Tür. Der Anblick beruhigt uns.

Wir kommen wieder auf den Parkway. Fahren weiter, bis wir die Grenze von Brooklyn erreichen. Die U-Bahn verläuft hier oberirdisch, auf einer Trasse, die aussieht wie das Rückgrat eines Monsters. Die Straße ist gesäumt von dicht gedrängten Schaufenstern. Ein Anblick, der sich bekannt anfühlt, mit dem kleinen Unterschied, dass viele der Schilder hier, wo auch immer wir sind – Brighton Beach, Sheepshead Bay – in kyrillischer Schrift geschrieben sind:

Киев Аптека, zugleich eine WESTERN-UNION-Filiale, unter dem Studio einer Hellseherin.

Українська католицька церква, neben einer Marienstatue mit betenden Händen, den Kopf andächtig geneigt.

Wir fahren an Imperial Furs vorbei, wo die Schaufensterpuppen mit Mänteln aus toten Füchsen geschmückt sind. Direkt daneben sieht man bei Eurasia Nails das gephotoshoppte Bild einer Geisterhand mit Französischer Maniküre. Anblicke, bei denen uns das vertraute Gefühl überkommt, dass die gesamte Welt auf einer einzigen Straße versammelt ist. McDonald's, Target, Costco und die Bank of America erinnern uns jedoch daran, dass wir uns immer noch in den United States of America befinden.

Wir fragen uns, welche Wege die Menschen, die heute in diesen Vierteln leben, wohl einst zurückgelegt haben. Wie schufen sie sich hier ein Zuhause?

Wer verdammt nochmal sind wir?

Nicht weit entfernt von der Straße glitzert der Atlantik. Wir fahren rechts ran. Steigen aus. Atmen die salzige Luft ein. Für eine Sekunde sind wir sicher, dass wir in den miesen Teil von Queens gebeamt wurden – ein Ort, für den wir heute nicht genug Mut aufbringen konnten. Der Nachmittag ist strahlend sonnig. Wir gehen am Strand spazieren. Der Wind verwirbelt unsere Haare. Hier, inmitten dieser Läden und Sprachen, an diesem Ozean, werden wir an die Mädchen erinnert, die wir einmal waren. *(Blaue Lippen gespitzt für ein Foto, cheese!)* Vor unseren Beförderungen, unseren Gehaltserhöhungen, unseren Ach-so-geschmackvollen-Wohnungen, Kopien der Verkaufsräume von West-Elm-Läden. Wo sind unsere Freundinnen jetzt?, fragen wir uns. Und was ist aus den Mädchen geworden, die wir zurückgelassen haben?

HEIMSUCHUNG

Und dann begegnen wir ihr in unseren Träumen, wieder einmal.

Das schwarze Kleid mit den aufgestickten Perlen schwingt ihr um die Knie, und unter dem hauchdünnen Stoff blitzt die Haut hervor. Dieses Mal sind wir es, die sie rufen.

Trish! Trish!, sagen wir.

Aber sie kehrt uns den Rücken zu und entfernt sich. Wir hasten ihr auf dem Bürgersteig hinterher, an dessen Rändern sich Müllsäcke türmen und auf dem sich Menschen tummeln, die uns den Weg zu ihr versperren. Doch auch aus der Ferne können wir noch ihren Nacken sehen, einen Zipfel ihres Kleides. Warum bleibt sie nicht stehen?

Warte!, rufen wir.

Seit Jahren haben wir sie nicht gesehen. Wir haben ihr so viel zu erzählen.

Wir versuchen verzweifelt, an den vielen Leuten vorbeizukommen, doch es gelingt uns nicht. Trotz der dichten Menschenmenge geht sie unbeirrt und unbeschwert ihres Weges. Wir geben den Versuch, uns zu ihr vorzukämpfen, erst auf, als unerklärlicherweise das Licht um uns schwächer wird. Uns wird kalt, wir fangen an zu zittern. Wir versuchen, in der Ferne irgendwas zu erkennen jenseits des Chrysler Buildings und des Empire State Buildings, der Werbetafeln am Times Square, die uns versichern, dass auch wir uns Glück erkaufen können in Form des neuesten iPhones, eines Anti-Aging-Serums von Sephora, einer High Waist Jeans von American Eagle. Hinter dem unendlichen vertikalen Gewirr der Gerüste ist die Sonne verschwunden. Allerdings können wir einen Schimmer ihrer Strahlen hinter dem großen verkraterten Mond ausmachen: eine Sonnenfinsternis. Wir rennen los, in die Richtung, in die Trish gegangen ist.

Wir rufen immer wieder ihren Namen. Trish! TRISH! Die Menschenmassen sind auf einmal nicht mehr da. Wir rennen durch leere Straßen. Der Asphalt verwandelt sich unter unseren Füßen plötzlich in Erde, mit Gras, das sich im Wind wiegt.

Wir kommen zu einer Klippe. Die Luft ist so rein, dass sie beim Einatmen in den Lungen schmerzt. Wir hören auf zu laufen, als wir den Rand der Klippe erreichen.

Wo ist sie hin?

Vor uns ein tiefer Abgrund. Die Wellen des Ozeans kräuseln sich und schäumen. Wir treten zurück, schwindlig. Die Luft wird von einem seltsamen Geruch erfüllt – der erstickende Gestank von verbranntem Gummi, Plastik und Haaren.

Wir drehen uns um.

Hinter uns steht Trish. Sie steht so nah vor uns, dass wir die Perlen auf ihren Schlüsselbeinen berühren könnten.

Dann sehen wir, dass ihre Gesichtshaut geschmolzen ist. Wir unterdrücken einen Schrei.

Trish?, sagen wir. Bist das wirklich du?

Ja, flüstert sie.

Es ist schon so lange her.

Sie sagt noch etwas, das wir nicht verstehen können. Wir beugen uns zu ihr. Was hast du gesagt?

Sie streicht uns eine lose Haarsträhne hinters Ohr. Als sie uns berührt, schließen wir die Augen. Wir spüren ihre Hände auf unseren Schultern ruhen.

Wach jetzt endlich auf!

Und dann schubst sie uns. Von der Heftigkeit des Stoßes schlägt uns der Kopf in den Nacken. Wir rudern mit den Armen. Es gibt nichts, woran wir uns festhalten könnten, während wir in die Tiefe stürzen,

hinab

hinab

durch die Luft.

Wir fallen und fallen, in freiem Fall.

Wach auf!

TEIL FÜNF

EINE REISE INS MUTTERLAND
(ODER VATERLAND?)

Wir nehmen uns zwei Wochen frei, einen Monat, drei –
wir kündigen unsere Jobs ganz. Irgendwas zieht uns
hin zu den Orten, von denen wir unser Leben lang
schon gehört haben, die uns schon immer wie Geister verfolgen. Uns locken. Dieses Mal widersetzen wir
uns nicht.

Wir kaufen Tickets für Flüge in Hauptstädte: Dhaka,
Port-au-Prince, Manila, Kingston und Santo Domingo.
In einer Woche fliegen wir nach Mexiko-Stadt, Islama-
bad, Accra, Caracas, Seoul, Damaskus und Bogotá.
Bald also werden wir mit eigenen Augen San Juan,
Kairo, Teheran, Peking, Panama-Stadt, Georgetown,
Neu-Delhi und viele andere Orte sehen.

Nach der Nacht, in der wir von Trish geträumt
haben, wachen wir schweißgebadet auf und verspüren
den Drang, unsere alten Freundinnen anzurufen. Was
wir auch tun. Wir reservieren Tische fürs Abendessen
in unseren Lieblingslokalen: in einem unscheinbaren
Restaurant in K-Town, wo es das beste koreanische
gebratene Hähnchen gibt, der gemütlichen Weinbar in

der Lower East Side, deren Name übersetzt »vor langer Zeit« bedeutet.

So schön, dich mal wiederzusehen, sagen unsere Freundinnen. Wie geht es dir?

Wir erwähnen unsere Träume nicht.

Seit einiger Zeit geben wir uns Mühe, sie wenigstens alle paar Monate zu sehen. Wenn wir ihnen erzählen, dass wir Flugtickets in Länder gebucht haben, die unsere Familien verlassen haben, rufen sie: Du gehst zurück ins Mutterland?! Krass – nimm dich in Acht vor den ganzen Greencard-Geiern! Nein, hör nicht auf sie, bring einen süßen Typen mit! Mist, sagen sie, ich würd' so gern mitkommen.

Wir versuchen, uns zu merken, dass wir Danica, Amani, Nadira und Elyse Lapislazuli-Ohrringe mitbringen sollen. Für Chandra, Rashida und Melody handgewebte Handtaschen. Für Rosalee, Nkechi und Yesenia bauschige Paschmina-Schals.

Wenn wir unseren Familien von unseren Reiseplänen erzählen, reagieren manche unserer Liebsten irritiert. *Warum willst du dahin zurück?*, fragen sie. Andere wiederum ermutigen uns. *Vergiss nicht, deine Cousins und Cousinen zweiten, dritten und vierten Grades anzurufen!* Wir stöhnen auf. Die Dramatischeren von uns erklären ihren Müttern: Ich gehe dort hin, um mich selbst zu finden! Worauf unsere Mütter uns von Kopf bis Fuß mustern.

Aber du bist doch schon hier, sagen sie.

Beim Boarding hatten wir uns mutig gefühlt, waren während des Flugs zuversichtlich und voller Vorfreude – als wir dann aber im Land unserer Vorfahren ankommen, verpuffen diese Gefühle. Als wir die Länder betreten, die in unseren Familien immer die *Heimat* genannt wurden, wird uns auf einmal bewusst, dass wir sie nur theoretisch kennen: ein Flickenteppich aus Erinnerungen, Familiengeschichten, alten Fotos, Facebooksuchen nach Cousins, die wir längst vergessen hatten, Zeitungsartikeln und Hollywoodfilmen, in denen alles Körnige weichgezeichnet ist.

Die Theorie, so stellen wir beim Verlassen von Flugzeugen fest, verblasst gegenüber den realen Gerüchen, Geräuschen und der Atmosphäre an diesen Orten. Wir machen hier alles falsch. Wir packen zu viele Kleider ein, weil wir davon ausgehen, dass es hier jeden Tag achtunddreißig Grad hat. Während es in Wirklichkeit gießt wie aus Kübeln, als wir ankommen, und wir in unseren dünnen Kleidchen klitschnass werden und zittern vor Kälte. Und *wenn* wir Regenjacken dabeihaben, die wir in SoHo in Outlets für »Outdoor-Aktivitäten« gekauft haben, bringen sie uns nichts, weil man hier nicht für »Aktivitäten« »outdoor« ist, sondern konstant. Abfuck! Wenn wir auf dreitausend Meter hohen Bergen stehen, Orten, die so kalt sind, dass unsere Zähne klappern, sehnen wir uns nach unseren Schals, Handschuhen und Wollmützen – Dingen, die wir im Leben nicht für notwendig gehalten hätten für unsere große Reise in die Heimat. Wir verfluchen unsere Familien in den Vereinigten Staaten dafür, dass sie uns nicht gewarnt haben – obwohl vielleicht auch sie es einfach vergessen haben. Unsere Tanten lachen und leihen uns ihre Kleidung: weite Mäntel, fleecegefütterte Mützen. Für einen kurzen Moment sehen wir ihnen ähnlich, und vor unserem inneren Auge blitzt eine alternative Realität auf, ein Leben als Bäuerinnen, Ladenbesitzerinnen, Frauen, die in jungen Jahren Mütter werden, Frauen, die der Erde hier und ihren Familien nicht als Fremde begegnen.

Ein paar von uns aber kommen tatsächlich an Orte, wo es achtunddreißig Grad heiß und feucht ist, und dann tragen wir Shorts und Tank Tops. Wir schlendern durch die Straßen. Als uns auffällt, dass die Männer und Frauen, die dort ihren Geschäften nachgehen, lange Levi's und knöchellange Sommerkleider mit Strickjäckchen tragen, trotz der Hitze, sind uns unsere nackten Schultern und Oberschenkel unangenehm. Wir vergessen, unsere Haare in der Öffentlichkeit mit einem Tuch zu verhüllen und werden beim Besuch von Tempeln, Moscheen und Kirchen aufgefordert, unsere Beine zu bedecken. Diese schamlosen amerikanischen Frauen!

Amerikanisch – ist es das, was wir sind?, fragen wir verschmitzt unsere Cousinen und Cousins, die uns ihr Land zeigen, mit dem sie auf eine Weise vertraut sind, wie wir es nie sein werden.

Ja, weil du in den USA geboren wurdest, sagen sie zu uns. Oder: *Nein, du hast mexikanisches, philippinisches, guyanisches, panamaisches, indisches, haitianisches, chinesisches Blut in dir – wieso solltest du irgendwas anderes sein?*

Wir geben den Straßenhändlern die falschen Geldscheine, da wir mit ihren Farben nicht vertraut sind. Erst als wir weggehen, merken wir, dass wir das Zehnfache des geschuldeten Betrags gezahlt haben, einen Hunderter statt eines Zehners. Unsere Cousins und Cousinen lachen und sagen, *davon kann der jetzt eine Woche lang seine gesamte Familie ernähren.* Wir erwarten in den Ländern eigentlich Palmen, sehen aber funkelnde Wolkenkratzer. Wir erwarten saubere Sandstrände wie in den Instagram-Feeds und Reiseblogs und auf Werbeplakaten in U-Bahnen, finden aber verdreckte Strände voller Plastikmüll vor, an denen Schilder warnen: STRAND WEGEN WASSERVERSCHMUTZUNG GESCHLOSSEN.

Was wir nicht erwartet haben: ein Meer von brown People, die aussehen wie wir. Brown People, die die Straßen überqueren, in die überfüllten Busse drängen, auf den Märkten feilschen, Kaffee schlürfen, Zigaretten anzünden, sich zusammen auf Mopeds quetschen. Was wir nicht erwartet haben: Hände mit Hautfarben wie unserer eigenen, die uns entgegengereckt werden und betteln. *Einen Dollar, Miss, bitte einen Dollar,* rufen Kinder auf Englisch, während sie hinter uns herlaufen. Wir haben Hütten mit Aluminiumdächern erwartet, aber nicht, dass einige unserer Familien diese Bauten ihr Zuhause nennen. Tanten, Onkel und Cousins laden uns zu sich nach Hause ein, wo die Luft leicht moderig riecht und den aus Holz gebauten Häusern Licht fehlt, weil der Einbau von Fenstern teuer ist. Tanten versorgen uns mit Tee und Kaffee, Plätzchen, Keksen, Geschichten über unsere Großeltern und unerbetenen Ratschlägen, über die wir lächeln müssen. Wir sind erstaunt, dass sie uns so herzlich empfangen und großzügig sind, obwohl sie wenig besitzen – wenig aus unserer Sicht. Als wir die ländlichen Gegenden verlassen und uns auf den Weg in die Städte machen, sind wir nicht darauf vorbereitet, dass der glitzernde Reichtum der Städte den von New York übertrifft: gläserne Megamalls, neue U-Bahnen, die mit einem leisen Surren in die Stationen einfahren, imposante beleuchtete Brücken, die die Nacht erhellen.

Wir haben Angst davor, die Straßen ohne Fußgängerampeln zu überqueren. Wir sehen den anderen Fußgängern zu, wie sie einfach in den fließenden Verkehr laufen. Wir erwarten nicht, dass die Flut von Autos und Motorrädern und Bussen für sie anhält, und doch tut sie es. Wir erwarten nicht, dass die Fußgänger das überleben, und doch tun sie es. Sie gehen weiter. Nachts erwarten wir nicht die Frauen in Miniröcken und Stilettos, die an Straßenecken rumste hen, mit unserer Hautfarbe, Haarfarbe und Statur. Frauen, die unsere Schwestern sein könnten, es aber nicht sind, die in Autos einsteigen, in denen Männer am Steuer sitzen, meist männliche Touristen, die weiß und zwei- oder dreimal so alt sind wie sie. Wir beobachten den künstlich neckischen Gesichtsausdruck dieser Frauen, ihre leeren Gesichter.

Im Mutterland (Vaterland?) ist unsere Sprache voller Lücken. Für viele Dinge sind uns die Bezeichnungen entfallen. Einige von uns werden rot vor Verlegenheit, wenn wir sprechen müssen, aus Scham über unsere Unbeholfenheit, unsere verdrehten, seltsam ausgesprochenen Worte. Einige von uns müssen sich auf Übersetzungshilfen verlassen, menschliche (unsere Cousins und Cousinen) und nicht menschliche (Apps auf unseren Smartphones). *Was soll das heißen, ihr habt die Sprache nie gelernt?*, ist eine Frage, die uns ständig gestellt wird. *Ihr seid praktisch stumm und taub!* So hart es auch ist, es ist wahr, und es erfüllt uns mit Scham.

Ein Witz:
Wie nennt man jemanden, der mehrere Sprachen spricht?
– Mehrsprachig.
Wie nennt man jemanden, der zwei Sprachen spricht?
– Zweisprachig.

Wie nennt man jemanden, der nur eine Sprache spricht?
– Amerikaner! Haha!

Aber einige von uns, die ihr Leben lang für ihre Eltern übersetzt haben – bei Elternsprechstunden, bei Bankbesuchen, in Supermärkten –, können problemlos kommunizieren. Wir diskutieren mit unseren Tanten und Onkeln über Politik. Sie fragen nach, was es mit der Mauer auf sich hat, die der amerikanische Präsident bauen will, und dürfen Muslime wirklich nicht einreisen, und was ist mit den Migranten, die vor der Bandengewalt an der Grenze fliehen? Wir sprechen darüber, wie die gegenwärtige Regierung des Land of the Free derzeit seine Einwanderer »begrüßt«.

Wir alle haben Cousins und Cousinen, Tanten, Onkel und Großeltern, die mit Leichtigkeit zwischen verschiedenen Dialekten und Sprachen hin- und herwechseln, einschließlich Englisch. Sie entschuldigen sich für ihren Akzent, der uns nicht im Geringsten stört – wir bewundern sie und könnten ihnen den ganzen Tag zuhören.

Doch selbst dann, wenn uns das Sprechen leichtfällt, müssen wir erkennen, dass der Austausch von Gedanken nicht einfach ist. Unsere Cousins und Cousinen fragen: *Wie viel verdienst du im Monat? Haben alle Amerikaner Waffen? Kann man wirklich alles machen, was man will, wenn man achtzehn wird?*

Habt ihr wirklich Sex als Unterrichtsthema? Was brin-
gen sie euch da bei? Was heißt das, du willst nicht
darüber reden? Wir lassen sie stehen, genervt von
ihren nicht endenden Fragen.

Eigentlich sprechen aber viele von uns ein Misch-
masch aus den Sprachen unserer Vorfahren und aus
Englisch. Manche erinnern sich auf einmal an Wörter, Formulierungen, ganze Liedtexte, die uns aus dem
Nichts wieder in den Sinn kommen, als würden ver-
schüttete Teile unseres Hirns freigelegt oder wieder-
belebt.

Die Leute müssen uns aber gar nicht ihre Sprache
oder Englisch sprechen hören, um zu wissen, dass
wir nicht von hier sind. Oft sind wir größer, fleischi-
ger, dank dem in den USA zugesetzten Vitamin D in
Milch, Fleisch, Käse und den industriell verarbeiteten
Lebensmitteln voller Zucker und Gott weiß was noch
allem. Wir tragen zerrissene Jeans, haben Piercings,
gefärbte Haare und Tattoos auf den Armen, über die
unsere Cousinen und Cousins staunen. Einige von uns,
stellen wir fest, sind behaarter als ihre Verwandten,
ein Nebeneffekt unseres Konsums hormonell behan-
delter Tiere. Einige von uns sehen zwar nicht anders
aus, sind aber lauter, meinungsfreudiger und bringen
Räume zum Schweigen, wenn wir unsere Ansichten
äußern. Einige von uns halten einfach nur nicht die
Hand vor den Mund beim Lachen. Wir verhalten uns
anders.

Am deutlichsten aber zeigt sich, dass wir aus den USA kommen, an unseren gestört empfindlichen Mägen. Unsere Mägen sind nicht stark genug für das lokale Leitungswasser, das voll ist von Bakterien, mit denen unsere behüteten, empfindlichen amerikanischen Verdauungstrakte unvertraut sind. Wasser, das uns tatsächlich umbringen kann. Stattdessen trinken wir H2O, das gefiltert und in Plastikflaschen abgefüllt sein muss, oder zumindest abgekocht wird, wenn alle Stricke reißen.

Eines Abends zum Beispiel trinken wir unwissentlich Limonade mit Eiswürfeln aus Leitungswasser. Idiotin! Tagelang haben wir Durchfall. Im schlimmsten Fall landen wir in Kliniken, und liegen da mit Infusionen an den Unterarmen. Unsere Tanten und Onkel schütteln den Kopf über unsere Naivität. So empfindlich, so amerikanisch.

Das ist unser Privileg.

An einem anderen Abend sind wir auf dem Weg zur Verabredung mit unseren Cousins und Cousinen, denen wir gesagt hatten, dass wir es schon alleine quer durch die Stadt schaffen würden – wie schwer kann es schon sein? –, und verirren uns. Wir laufen im Kreis durch die überfüllten Straßen und versuchen, unseren Weg zu rekonstruieren. Motorräder und Rikschas rasen haarscharf an uns vorbei, wir springen zur Seite, um ihnen auszuweichen. Wir kommen an Märkten vorbei, wo uns der Geruch von Fleisch in die Nase steigt, das auf Spießen über einem offen lodernden Feuer gegrillt wird. Wir versuchen, nicht allzu sehr auf die vielen Füße in Flip-Flops zu starren, mit ihren vielen Zehen in brauner Hautfarbe. Die Luftfeuchtigkeit ist heute Abend so hoch wie in einem Dampfbad und macht uns träge, müde. Bis ein gewaltiger Regenguss niedergeht und auf unsere Köpfe und Arme einprasselt. Wir treffen unsere Cousins und Cousinen in Bars. Sie lachen über unseren Zustand: unsere klitschnassen, tropfenden Haare, die verlaufene Wimperntusche, unsere durchweichten Kleider. *Warum hast du nicht ein Taxi oder eine Rikscha genommen?* Wir sehen sie finster an und zucken mit den Schultern. Was willst du trinken?, fragen wir. Sie lachen so lange, bis wir: PSSSST!, sagen, weil wir den Sängern und ihren Gitarristen zuhören wollen. Obwohl wir wissen, dass es solche Duos in diesen Städten wie Sand am Meer gibt, fühlen sich die Live-Auftritte und die Lieder, die in Sprachen gesungen werden, an die wir uns nur vage erinnern, für uns immer wieder neu an. Wir fragen uns, ob auch unsere Mütter nach Regengüssen in Bars saßen und sich Liebeslieder anhörten.

Stroboskoplichter blitzen. Später dröhnt ein Lied aus den Boxen, das uns bekannt vorkommt, weil es – was sonst? – amerikanisch ist. Als wir aber genauer hinhören, bemerken wir, dass der Refrain ab der Mitte geloopt ist, dass es also nicht das Lied ist, das wir kennen, sondern eine andere Version. Ein Remix. Wir wiegen trotzdem unsere Hüften und Schultern. Wir fangen an, uns zu bewegen, zu tanzen. *Hey, Americana!*, rufen unsere Cousins, um uns zu ärgern. Wir drehen Pirouetten, wir voguen, wir tanzen Salsa, wir moonwalken, wir twerken, wir bewegen uns wie Schwäne. Wir lachen. Wir können nicht anders. Wir sind schließlich immer noch *Girls* aus Queens.

ERBE / VERMÄCHTNIS

Wir besuchen ein gewaltiges Mausoleum aus Marmor und Sandstein, das ein Kaiser für seine Frau errichten ließ; wir sehen es gespiegelt, flüchtig und klar, auf der Wasseroberfläche des Bassins davor. Wir steigen die Treppen von Tempeln hinauf, entlang Statuen von Jaguaren und Schlangen, Gebäude, die einst von Astronomen erbaut wurden, um Sternbilder und ferne Planeten beobachten zu können, die Sonne und den Mond. Wir laufen durch die Ruinen einer alten Stadt, streifen mit den Fingern über das Efeu auf den Steinmauern, betrachten die in den Stein geschnittenen Apsaras mit ihrem neckischen Gesichtsausdruck und tanzenden Armen, auf die wir hier zu unserer Überraschung in dunklen Ecken stoßen. Wir treten in himmelhohe Kathedralen ein, erbaut im Auftrag von Konquistadoren, und knien vor Marien- und Christusstatuen nieder, die, wie wir erstaunt feststellen, neben den Figuren lokaler Gottheiten aufgestellt wurden: Am besten gefällt uns ein Schurke, der knurrend die Zähne fletscht. Brown Girls brown Girls brown Girls, die von allen Sehenswürdigkeiten solche unerwarteten Fusionen am meisten mögen.

Weitere unheilige Verbindungen, über die wir bewundernd staunen: mit süßem Schweinehack gefüllte Baguettes, englischer Tee mit einigen Tropfen Kondensmilch, die auf den Boden der Tassen sinken, herrlich und schockierend süß. Aber es ist nicht nur das Essen. Uns fallen die vielen Krankenhäuser und Schulen auf, die nach Menschen benannt sind, die es als ihren Auftrag sahen, *wilde Völker zu zivilisieren*. Verstehen erst jetzt richtig, was uns vorher so nicht bewusst war: Wir sind die Nachkommen dieser sogenannten wilden Völker. Kolonisiert, für immer verändert, aber immer noch hier. Wir betrachten diese verschiedenen Anblicke und Geschmäcker und Geschichten nicht als widersprüchlich oder inkonsistent. Brown Girls brown Girls brown Girls, die tief im Innern zu verstehen beginnen, dass sie die Summe vieler Identitäten, vieler Geschichten sind.

Die Kolonisierten, die Kolonisatoren – auf welche Seite gehören wir?

Hier, so sagt man uns, ist der Platz, wo die Revolutionäre hingerichtet wurden, gehängt und erschossen, weil sie versucht hatten, die Kolonialherrschaft zu stürzen. Hier sind die Villen und Felder, die all jenen geschenkt wurden, die sich zu Komplizen der Herrschenden machten und im Gegenzug ihr eigenes Volk verrieten. Und hier das Schloss mit den weißen Mauern, errichtet wie eine Festung, direkt am azurblauen Meer, und hier die Verliese, in denen Männer,

Frauen und Kinder eingesperrt und von dort direkt auf Schiffe getrieben wurden, die den Atlantik überquerten, um dann als Versklavte nach Großbritannien, Frankreich, Nord- und Südamerika und deren Kolonien verkauft zu werden. Hier die Registrierstellen, in denen die Menschen gezwungen wurden, ihre Namen gegen spanische, englische, französische oder niederländische einzutauschen. Santos, Díaz, James, Roberts, Moreau, Laurent, Janssen. Und dort die Kirchen, in denen die Bevölkerung aufgefordert wurde, zum christlichen Glauben zu konvertieren. Da drüben die Rotlichtviertel, die neben den Marinestützpunkten aus dem Boden sprossen – Angebot und Nachfrage, ihr wisst, wie es läuft. Und dort sind die Sweatshops, die Apple, Nike, Adidas, Gap und H&M betreiben; die vielen Frauen, die da auf die Straße strömen, haben gerade ihre Zwölf-Stunden-Schichten beendet. Hier sind die Callcenter, deren Angestellte zwar der Wut von Amerikanern ausgesetzt sind, die sie angeblich wegen ihres Akzents nicht verstehen, die aber sagen, dass sie trotzdem dankbar sind, neun Dollar pro Stunde zu verdienen – hierzulande ein Vermögen! Und hier ist die Stadt, die einst – ja, die gesamte Stadt – von Bomben in Schutt und Asche gelegt wurde. Wo wir auch jetzt, da wir durch ihre ruhigen Straßen gehen, noch immer Geister sehen.

***

Die Kolonisierten, die Kolonisatoren. Auf welche Seite gehören wir?

* * *

Werden uns bewusst: Ob wir es wollen oder nicht – wir beanspruchen beide Seiten für uns.

WAS WIR MIT UNS
HERUMTRAGEN

Wir stopfen unsere Koffer voll mit Geschenken für unsere Familien und Freunde zu Hause. *Unser Zuhause* – New York. Und doch empfinden manche von uns eine neue Verbindung zu diesen Ländern. Wir haben Gebäck gekauft, das in bunte, laut knisternde Plastikfolien verpackt ist, fingergroße Chilischoten, die ihren Geschmack am stärksten in dampfender Brühe entfalten. Wir haben unsere Koffer mit alkoholischen Getränken vollgepackt, die unsere Väter in den USA nirgends finden konnten. Auf Bitten unserer Cousins und Cousinen, die in den USA studiert oder gearbeitet haben, nehmen wir widerwillig eine Tüte Süßkartoffeln mit nach Hause. *Sie schmecken einfach besser, intensiver!*, behaupten sie. Wir schleppen diese und andere Dinge über Kontinente und Ozeane, vorbei an grimmig dreinblickenden Sicherheitsbeamten. Als wir sie schließlich unseren Lieben überreichen, sagen sie: *Das hätte ich doch auch auf dem Markt in Jackson Heights bekommen!* Wenn sie dann aber reinbeißen, ihre Geschenke mustern, und wir die Freude in ihren Gesichtern sehen, wissen wir, dass wir das Richtige getan haben. Wir bringen auf Fäden aufgefädelte Muscheln mit, die unsere Großmütter als Dekoration in ihre Schlafzimmerfenster hängen. Wir bringen Gold mit in Form von Ketten, die wir unseren Müttern um den Hals legen. *Ach, Schatz, das wäre doch nicht nötig gewesen*, sagen unsere Mütter. Wir kehren mit Kleidungsstücken zurück, um deren Preis wir in den Sprachen unserer Vorfahren und auf Englisch gefeilscht haben: Seide in Juwelenfarbtönen, Wolle, die den Wintern im Nordosten trotzt, Röcke mit schwindelerregenden geometrischen Mustern. In unseren Koffern befinden sich Ledersandalen und Kochmesser, sorgfältig verpackt, für unsere Väter. Wir bringen handgeschriebene Briefe von Verwandten mit, die wir auf ihre Bitte hin an Familienmitglieder in den Vereinigten Staaten geben. *Liebe Tante*, beginnen diese Briefe, *ich habe dieses Jahr mit summa cum laude abgeschlossen. Danke, dass du meine Collegeausbildung finanziert hast ...* In ihnen steht: *Wie du vielleicht schon weißt, ist mein jüngster Sohn, dein Neffe, an Dengue-Fieber gestorben. Wenn du uns etwas Geld für die Beerdigung schicken könntest, wären wir dir unendlich dankbar ...* Oder: *Unser älterer Bruder wird sich nächsten Monat einer Operation unterziehen. Könntest du uns Geld für seine Operation und Medikamente schicken? Unsere Western-Union-Nummer lautet ...* Wir haben Fotoalben mit vergilbten Seiten dabei, die von Tanten aufbewahrt worden waren. Was ist das?, hatten wir gefragt, als sie sie uns überreichten. Wir blättern durch Alben und halten bei einem Bild inne, das eine Freundesgruppe an einem Flussufer zeigt. *Kannst du deine Mutter erkennen?*, fragen unsere Tanten, und als wir genau hinsehen, erkennen wir ihr sorglos fröhliches Gesicht, aufgenommen mitten im Lachen.

Das alles haben wir dabei, und noch mehr. Wir bringen Sichtbares und Unsichtbares mit. Sichtbar: Wir kommen nach New York mit braunerer Haut zurück. Unsichtbar: die Tatsache, dass uns die dunklere Hautfarbe ziemlich egal ist. Da wir durch Straßen voller Menschen gelaufen sind, die wie wir aussehen, hat sich während unserer Zeit in der Ferne etwas in uns verändert – wir sind stolz auf unsere braune Haut. Unsichtbar: Erinnerungen an die feuchte Luft von Sonnenaufgang bis Sonnenuntergang, die Nächte mit ununterbrochenem Regen, das Gefühl, dass wir Spiegelbilder der Person gesehen haben, die wir geworden wären, wenn unsere Familien geblieben und nie weggegangen wären, wenn wir in Ländern geboren worden wären, die wir lieben oder auch nicht, die aber trotzdem Teil von uns sind.

Am Ende unserer Reisen ist das Ergebnis jedoch immer dasselbe: Wir gehen, wir gehen, wir gehen weg. Wir gehen immer weg.

Wir haben es im Blut wegzugehen.

In Flugzeugen zurück in die United States of America starren wir aus winzigen Fenstern, die von unserem Atem beschlagen. Wir sehen die Gesichter unserer Verwandten vor uns – Menschen, die wir zum ersten Mal getroffen oder nach Jahren wiedergesehen haben, Menschen, über die wir viele Geschichten gehört hatten: die Geschwister unserer Eltern, unsere Großeltern und Cousinen, deren Gesichtszüge wir in unseren eigenen Gesichtern erkennen.

An Bord überkommt uns ein seltsames Gefühl. Ein Gefühl nicht unähnlich einem Déjà-vu. Dass wir irgendwie schon mal hier waren.

Aber wie soll das möglich sein?

Wir gehen, wir gehen, wir gehen weg. Wir gehen immer weg. Wir haben es im Blut wegzugehen.

Aber vielleicht haben wir es auch im Blut zurückzukehren. Warum haben wir je geglaubt, dass Heimat nur ein einziger Ort sein kann? Wo doch das Leben in diesen Körpern bedeutet, dass wir viele Welten in uns tragen.

Endlich verstehen wir.

TEIL SECHS

UNTERDESSEN IN QUEENS

Eine Ziege trottet über den Boulevard des Todes in St. Albans, einer Gegend von Queens, in der einst Künstler, Jazzmusiker und Sportler wie Jackie Robinson, Ella Fitzgerald, Count Basie und W.E.B. Du Bois lebten. Die Ziege (Rasse: Burenziege, Farbe: grau mit weißen Flecken) hält an, um auf einer Rasenfläche vor einem Apartmentkomplex zu grasen, der im Jahr von Kennedys Tod erbaut wurde, 1963. Auf der gegenüberliegenden Straßenseite: eine Kirche, die DAS ENDE DER WELT verkündet, und ein Deli, bei dem man auch HIER LOTTO SPIELEN! kann. Die Ziege ist aus einem nahegelegenen Schlachthof ausgebrochen, der Einwanderern aus Trinidad gehört, vielleicht in Vorahnung ihres Schicksals. (Die Schlagzeile über dem Bild in der *New York Post* wird lauten: *Er will mä-ä-ä-r – dieser Schlingel!*) In Ozone Park, einer Gegend neun Kilometer von St. Albans entfernt, gibt es am Wochenende auf einem riesigen leeren Parkplatz neben dem Aqueduct Racetrack einen Flohmarkt, den die Bewohner des Viertels, vorwiegend aus der Arbeiter- oder Mittelschicht, nur The Flea[*]

---

[*] Von brown Girls auch liebevoll »Le Flea« genannt.

nennen. Als junge Mädchen, die sich die sechs Dollar für den Eintritt nicht leisten konnten, zwängten wir uns immer durch ein Loch im Maschendrahtzaun. Unsere Bewegungen erinnerten dabei an die von manchen der Verkäufer, als sie die mexikanische Grenze überquerten, mitunter aus noch weiter entfernten Ländern kommend: Guatemala, Honduras.

Die auch einige unserer Verwandten überquert hatten. Auf der Flucht vor Hungersnöten, aus Städten in der Hand von Drogenkartellen, vor Gangs, die an ihre Haustüren klopften und sagten: *Entweder ihr kommt zu uns, oder wir brennen euer Geschäft, euer Haus nieder, töten eure Familie.*

Wir reisten immer nur nachts, sagten unsere Familien. *Meine Töchter, welche Wahl hatten wir? Welche Zukunft hätten wir dort gehabt? Und jetzt*, sagen sie, *seht euch an, was wir alles erreicht haben. Wir leben unseren Traum.*

Wie kann ein Ort ein Traum sein?, fragten wir uns.

Auf The Flea wühlten manche von uns in Bergen von gebrauchter Kleidung, eine Fundgrube, um Sachen aus Kaschmir, echtem Leder oder von Yves Saint Laurent zu finden. Andere von uns scherten sich null um Klamotten, hatten nicht genug Geduld zum Suchen. Das ist sicher das Zeug von irgendeiner toten Frau, sagten wir. Einige von uns bissen stattdessen lieber in gerollte Roti, von den Food Trucks, die neben den Autos der Verkäufer standen. Jaulten auf, wenn dampfende Chickenstücke aus dem Brot platzten und uns den Gaumen verbrannten. Manche von uns schlenderten einfach nur die Stände entlang. Als wir noch kleiner waren, war uns nicht bewusst, dass The Flea exakt so aussah wie Märkte in Dritte-Welt-Ländern – Sorry! *Entwicklungsländern* –, in die sich unsere DNA zurückverfolgen ließ. Märkte in Ländern, die wir Jahre später besuchen sollten, und die uns an The Flea erinnern würden, an unsere Heimatstadt.

Jahrzehnte später wird der Markt abgeschafft, die Verkäufer werden angewiesen zu verschwinden, damit dort ein Casino gebaut werden kann. Busse rollen in unser altes Viertel und parken unter dem zehn Meter hohen blutroten Schild, auf dem jetzt PARADISE CITY steht. (Rot, die Farbe der 8x15-Umschläge, die wir als Kinder zum Mondneujahr geschenkt bekamen. Rot, die Farbe von Hochzeits-Saris. Oder die der Hölle – wie man will.)

Unterdessen droht ein milliardenschweres Technologieunternehmen, das den Namen eines Regenwaldes trägt (der im Real Life gerade rasant schrumpft) und dessen Mitarbeiter, so berichtet man, bei der Arbeit aus Zeitnot in Flaschen pissen, seine Firmenzentrale in unseren Stadtbezirk zu verlegen. Einige Bewohner fürchten die Explosion der Mieten, dass Queens sich wirtschaftlich in ein zweites San Francisco verwandeln könnte. Andere führen die fünfundzwanzigtausend neuen Arbeitsplätze ins Feld, die Milliardeneinnahmen für die lokale Wirtschaft und die Chance, New York zur *wahren* Tech-Hauptstadt der USA zu machen. (*Aber wir* sind *doch schon die zweitreichste Stadt der USA*, erwidern einige. *Ja und, warum nicht alle am Reichtum teilhaben lassen, ihr Arschlöcher?*) Psst, psst! Gewählte Beamte machen Deals hinter verschlossenen Türen. Es kommt zu Protesten. Das milliardenschwere Unternehmen gibt seine Pläne auf. Am Strand von Rockaway Beach liegen derweil tätowierte Hipster im Sand, kauen auf überteuerten Mahi-Mahi-Tàcos rum und surfen. Die Strandpromenade wurde nach einem verheerenden Supersturm der Kategorie 5 wieder aufgebaut, die hölzernen Planken sind jetzt glatt und eben, nicht mehr halb verrottet oder mit gelbem Warnband abgesperrt. An einem Sommertag fahren wir selbst hin. Werfen einen Blick auf unsere Middle School, die noch steht. Wir kaufen Eis in Waffeln für stolze elf Dollar bei Ample Hills und essen sie dort, wo wir uns als Kinder eine Packung Eis am Stiel teilten. Wir lehnen uns ans Geländer und beobachten die Skateboarder und Radfahrer, die Kinder mit Boogie Boards unterm Arm, hinter denen ihre sonnengebräunten Eltern herschlendern. Alles wieder hergerichtet, wie neu.

Große Überraschung, denken wir, während wir die letzten Bissen der Eiswaffel kauen. Es braucht also nur einen scheiß Monsterhurrikan, und schon bringt die Stadt die Gegend hier in Ordnung.

GEISTER

Wir rufen uns an – Hi, Beret, Faiza, Yiu, Ashanti, Soraya! –, obwohl einige von uns seit Monaten schon nicht mehr in Kontakt waren. Ich bin übers Wochenende zu Hause. – Was! Du auch? Lass bei Vito's treffen. Ich hab so hart Bock auf sizilianische Pizza! Ziehen zusammen durch die Gegend. Hier bin ich einem Eiswagen fünf Blocks hinterhergerannt, sagt Edel. Der Arsch wollte einfach nicht anhalten, so lustig fand er das, wie ich versuchte, ihm wie ne Irre mit Scheinen wedelnd Zeichen zu geben – scheiß Mister Softee. Warte mal kurz, flüstert Josie. Die da drüben auf der anderen Straßenseite? Das war meine Nachbarin Mimi. Ich fass es nicht, die ist schwanger. Wir haben uns nicht mehr gesehen, seit wir dreizehn waren. Das ist die Ecke, an der sich mein Bruder mit diesem Typen aus der Schule geprügelt hat, sagt Khadija. Er hat damals seine Schultasche auf den Boden geknallt und gesagt: *Pass kurz auf meine Sachen auf.* Ich hab mir fast in die Hosen gemacht, dabei hatte er mich einfach nur gebeten, da stehen zu bleiben und auf ihn zu warten. Als der andere immer weiter auf ihn einschlug, hab ich's irgendwann nicht mehr ausgehalten und bin dem Typen auf den Rücken gesprungen. Hab ihm auf den Kopf geschlagen. Er hat mich abgeworfen. Ich bin mit dem Kopf auf den Boden gedonnert, aber mein Bruder hat mir aufgeholfen, und wir sind zusammen weggerannt, nach Hause. Mein Kopf pochte, und er sagte: *Was zur Hölle hast du dir dabei gedacht! Bist du verrückt?* Aber er lachte dabei, und ich wusste, dass er mir dankbar war, obwohl er es nie zugegeben hätte. Ich hab ihn vor zwei Wochen bei Wallkill getroffen. An einem Tag wie heute, erzählt Lisa, bin ich von zu Hause abgehauen, weg von meiner Mutter. Bin einfach den ganzen Nachmittag auf dem Friedhof bei der U-Bahn-Station geblieben und erst nach Hause, als es schon dunkel war. Hat mich grün und blau dafür geschlagen, meine Mutter. Dabei ist der Witz daran, dass ich mir sicher bin, dass sie nicht mal gemerkt hatte, dass ich weg war. An der Ecke hier hat mich das Auto über vier Blocks verfolgt. Ein Schatten huscht über die Gesichter von Jhanvi, Luciana und Renee. Ich war zwölf. Der Typ hatte einen Goldzahn und sagte: *Ich habe Konzertkarten, willst du mitkommen?* Ich hab ihn ignoriert und ging weiter. Hab mir gesagt, dass ich ruhig bleiben muss, damit er abhaut, aber mein Herz hat wie verrückt geschlagen. Aus den Augenwinkeln sah ich, dass er mich weiter anlächelte. Bis er sich auf einmal über den Beifahrersitz lehnte und durchs Fenster mein Handgelenk packte. Ich grub ihm meine Nägel in den Arm, kratzte ihn. Befreite mich aus seinem Griff. An dieser Kreuzung, sagt Dee, habe ich gesehen, wie ein Mädchen von einem Bus überfahren wurde. Eine Schülerin von der High School. Ich werde nie vergessen, wie ihr Körper unter der Stoßstange des Busses zuckte wie ein sterbender Käfer. Ich habe auf den Bürgersteig gekotzt. Den ganzen Weg nach Hause geweint.

GLÜCK GEHABT

Unsere Brüder, unsere Brüder, die ebenfalls erwachsen werden. Die nicht gerne über ihre Vergangenheit sprechen. *Ich bin jetzt ein anderer Mensch.* Aus dem Augenwinkel sehen wir sie auf Gebetsmatten knien, dreimal am Tag, die Glieder der Sonne entgegengestreckt. Wir sehen sie zu Kirchen gehen, mit nagelneuen Bibeln in der Tasche, wir winken ihnen zum Abschied zu, wenn sie zu Tempeln in Flushing, Richmond Hill fahren, wo sie in Räume voller Kerzen und dem gemurmelten Gesang von Stimmen treten, die klingen, als wären sie unter Wasser. Was, fragen wir uns, beichten unsere Brüder ihren Göttern? Welche Geheimnisse offenbaren sie ihnen, welche Sünden? Drehen einen Joint, wenn sie zurückkehren. Blasen Rauchschwaden in die Luft, schenken ihnen einen Schluck Whiskey ein. *Danke, Schwester*, sagen sie. *Genau, was ich jetzt brauche.* Aber manche unserer Brüder schwenken nur das Glas. Nehmen keinen Schluck. *Johnnie Walker – genau wie unsere Onkel!*, sagen sie lachend, und wir genießen diesen Klang. Bis wir in ihrem Lachen etwas Angespanntes bemerken. Etwas Verwundetes. *Weißt du, dass ich genau das getrunken habe, als die Cops kamen?*, fragen sie. Wir erstarren, aus Angst vor dem, was sie noch erzählen könnten. Wir haben nie nach den Einzelheiten jenes schicksalhaften Abends gefragt, oder der Zeit, als sie weg waren.

Stattdessen verrichten wir geschäftig irgendwelche Dinge, fangen an, in unseren Küchen die Öfen zu schrubben. *Ich habe seitdem nie wieder einen Tropfen angerührt*, fahren unsere Brüder fort. Aber manche von uns holen aus, nachdem wir ihre ganze Geschichte gehört haben, und schleudern die Gläser an Wände. So lassen wir zumindest ein wenig unserer Hilflosigkeit und Wut ab. Als wir uns über das Geräusch des berstenden Glases erschrecken, dessen Splitter auf unsere Füße herabregnen und uns in die Arme und Zehen pieken, genießen wir das Gefühl. *Ey!*, schreien unsere Brüder.

Manche von uns verstummen, wenn wir ihre Geschichten hören. Wir können ihnen nicht in die Augen schauen, die uns an die Augen unserer Mütter erinnern, die Augen unserer Großmütter. *Nicht weinen*, sagen unsere Brüder zu uns. *Du musst deshalb nicht weinen.*

Unsere Brüder brechen uns das Herz, wieder und wieder. Wenn sie keine Arbeit finden aufgrund ihrer Vorstrafen, verfallen sie wieder in alte Gewohnheiten. Sie sagen es uns nicht, aber wir wissen es.

Einige unserer Brüder verschwinden einfach, und Tag um Tag warten wir auf eine E-Mail, eine SMS.

Monate vergehen. Eines Tages stehen sie vor unserer Haustür. Die Hände tief in den Jackentaschen, die Haare struppig. Wir dachten, du wärst tot, sagen wir knapp. *Tot? Ach komm, Schwester* – und jetzt nennen sie uns bei unseren Namen: Cristina, Jade, Divya, Zainab, Kelly, Caitlin, und auch unseren Spitznamen – *Du siehst immer alles so dramatisch.* Halt die Klappe, sagen wir.

Wir lassen sie rein. Immer.

Unsere Brüder zu lieben ist schwer. Wir leihen ihnen fünftausend, und sie zahlen sie nie zurück, wir leihen ihnen unsere Autos für einen Tag, die sie dann auf dem Boulevard des Todes zu Schrott fahren, wir unterschreiben als Bürgen für Wohnungen, und sie bescheißen uns, hinterlassen uns ein halbes Jahr nicht bezahlter Mieten. Dieser Arsch, sagen wir zu unseren Freundinnen, ich *hasse* ihn. Wir sprechen jahrelang nicht mehr mit unseren Brüdern, wenn überhaupt je wieder.

Wir lieben sie, und wir lieben sie nicht mehr, wir lieben sie und lieben sie nicht mehr – aber kann man sich denn je aussuchen, wen man liebt?

Wir kippen mit ihnen Indian Pale Ales in neu eröffneten Brauereien in Astoria runter (*Warum ist dieser Snob-Scheiß so bitter?*, sagen unsere Brüder mit verzerrtem Gesicht). In Bushwick lassen wir uns zusammen (nicht aufeinander abgestimmte) Tattoos auf unsere Handgelenke, Rippen und Oberschenkel stechen – einen Blumenstrauß, einen Roboter, Namen und Daten. Unsere Brüder stellen uns ihre neuen Freundinnen vor. Wie lange das wohl hält?, denken wir, aber wir halten unsere großen Klappen. Und dann hält es mit ein paar dieser Frauen tatsächlich, und sie bleiben da. Mit der Zeit werden unsere Brüder zu Ehemännern und Vätern. Wir wiederum werden zu Tanten. Unsere Brüder wiegen ihre Kinder im Arm. *Es fühlt sich an, als ob sich alles drehen würde, aber sie erdet mich.*

Einige unserer Brüder machen ihr Versprechen wahr von damals, als wir noch jung waren und neben ihnen auf dem Basketballplatz saßen. Sie ziehen in den Westen. *Kein einziges Gebäude weit und breit, du kannst es dir nicht vorstellen.* Am Telefon erzählen sie uns: *Ich bin durch den Yellowstone gewandert, die Rocky Mountains, hinauf zum God's Thumb und zu den Sandia Peaks. Es ist nachts so still – ich kann mir endlich mal beim Denken zuhören.* Sie lachen. Unsere Brüder, die früher so schweigsam waren. Jetzt, wenn wir sie besuchen, begrüßen sie uns mit einem Wortschwall, der sich wie ein Fluss über einen gebrochenen Damm ergießt. Woher kommen all diese Worte? Wir hören uns ihre Pläne an, ihre Träume und ihre Reue. Unsere Brüder, jetzt nicht mehr schweigsam.

Du Arschloch, sagen wir jedes Mal zu ihnen. Jedes Mal. Du hast so ein scheißverdammtes Glück gehabt, dass du noch am Leben bist.

PATRIOTISCH

Brown Girls brown Girls brown Girls, einschließlich, aber nicht beschränkt auf: Ruth, Tasnim, Glory,
Beatriz, Constanza. Außerdem Irene, Salome, Fabiana,
Helen und Priya. Ganz zu schweigen von Ashley,
Kendra, Nadine und Zhang, die sich fragen: Warum
sollte ich ein Kind in diese Welt setzen? Die die Erde
als sterbende Mutter betrachten, eine versiegte Quelle
mit schlammigen Ufern, unter denen Tropfen um
Tropfen das Öl darauf wartet, gefrackt zu werden.
Wie gute patriotische Amerikanerinnen verbrauchen
wir jedes Jahr literweise Benzin, ohne jeden Gedanken
daran, dass diese Ressourcen über Millionen von Jahren entstanden sind und sich zu unseren Lebzeiten
nicht mehr regenerieren werden. Schon jetzt sucht die
Menschheit nach neuem Land jenseits unseres Planeten, nach Böden und Monden, die sie schröpfen und
ausbeuten kann, die sie kolonisieren und bevölkern
kann, ohne jeden Blick zurück auf den Ort, den sie in
Schutt und Asche gelegt hat. Die Erde, eine verlas-
sene Mutter.

Warum Kinder in die Welt setzen, denken wir, wenn
dieses verödete Drecksloch ihr Erbe wäre?

Keine Frage, manche von uns glauben an dieses Manifest von ganzem Herzen.

Aber andere von uns verbergen hinter all dem hochtrabenden Gerede, hinter unserer Ethik und unserer selbstbeweihräuchernden »Selbstlosigkeit«, tief im Inneren, lediglich unsere Angst, Eltern zu werden. Warum können wir das nicht offen aussprechen? Einige von uns schaudern bei der Vorstellung, was wir mit unseren Kindern alles falsch machen könnten. Andere von uns denken daran, wie Kinder uns unweigerlich verschlingen würden und uns zwängen, unser Leben dem ihren unterzuordnen.

Einige von uns wollen keine Kinder, Punkt. Wir mögen unser Leben so, wie es ist. Wir sind zufrieden, und es fehlt uns an nichts mit unseren Partnern; wir sind Singles, und uns fehlt es an nichts. Wir sind frei. Trotzdem können wir uns nicht dazu durchringen, unseren Familien unsere Entscheidung mitzuteilen. *Maya, Julie Fei, Ligaya – was ihr da sagt, ist unnatürlich, unweiblich! Seid ihr wirklich so egoistisch?* Weil: Hatte man uns nicht beigebracht, dass wir uns nichts sehnlicher wünschen sollten als Kinder? *Eine Familie nach deinem Ebenbild zu gründen – äh, nach Gottes. Dein Leben wird sich völlig verändern, wenn du Kinder hast. Erst als Mutter wirst du wissen, was wahre Liebe ist.* Zumindest wurde uns das gesagt.

Patriotische, pflichtbewusste Mädchen.

Einige von uns jedoch – Kylie, Parveen, Leilani, Josefina – können nicht mit Sicherheit sagen, dass wir keine Kinder wollen. Wir lesen Bücher, deren Cover wir in der Öffentlichkeit auf dem Schoß verbergen (*Was dich in der Schwangerschaft erwartet* – das Zeug ist so krass veraltet, denken wir), schauen Dokumentarfilme (*Im Bauch* von National Geographic) und sehen Zellen dabei zu, die mit dreifacher Geschwindigkeit eine Meiose durchlaufen, was unser Unbehagen weiter wachsen lässt. Oder wir gehen der Wissenschaft komplett aus dem Weg und versuchen, die Frau, die ihr Kind in der U-Bahn in den Schlaf wiegt, nicht anzustarren. Wir fragen uns, wie es sich anfühlen würde, unsere eigenen Kinder in den Armen zu halten.

Andere von uns – Simone, Chinwe, Shivani, Angela – denken: Was ist mit Adoption, mit all den Kindern, die ein Zuhause brauchen? Und was, wenn wir Sex nicht mögen, nie gemocht haben? Oder keine Person haben, mit der wir Sex haben können, und dieses Leben auch dann nicht wollen würden, wenn wir sie hätten? Was ist mit In-vitro-Fertilisation, einer Samenbank, einer Leihmutter? Wir recherchieren monatelang.

Andere von uns werfen einen sehr genauen, schonungslosen Blick auf ihre spärlich gefüllten Sparkonten und gemieteten Einzimmerwohnungen. Lesen weiterhin Artikel über die bevorstehende Zerstörung der Erde. Waldbrände. Durch Plastikmüll und Industrieabfälle verschmutzte Ozeane. Das Aussterben unzähliger Arten. Die Bedrohung durch Atomkriege. Gestörte

Herrscher, die ihre persönlichen Interessen über die der Menschen stellen. Warum in Gottes Namen sollte es eine gute Idee sein, ein Kind in diese Welt zu setzen?

Wir wissen es nicht mit Sicherheit. *Was* wir aber wissen, ist: Wenn wir unsere Unsicherheit zugäben, würden wir uns – als Frauen – den Belehrungen anderer darüber aussetzen, wie wir unser Leben zu leben haben.

Ich bin noch nicht so weit, denken einige von uns. Aber werden wir es je sein?

TEIL SIEBEN

SCHATTEN

Unsere white Boys, unsere white Boys, die jetzt unsere Männer sind und uns um Mitternacht wollen, bei halb verhangenem Mond. Die mit ihren Händen unsere Brüste und Schenkel umfassen und unsere Namen sagen. *Cassandra, Kehlani, Rhea, Jihyun, Tabitha, Shazia, Beth.* Mehr, flehen wir. Härter. Du bist alles für mich. Wir streichen mit unseren Händen über schweißnasse Rücken. Niemand kann sagen, dass wir unsere Männer nicht lieben, denn wir tun es. Wir sind gute Ehefrauen. Schließ deine Augen, sagen unsere Männer. Das tun wir. Spüren ihre Lippen auf unseren Hälsen, Bäuchen, Hüften, zwischen unseren Beinen. Doch sehen wir, wenn wir die Augen schließen, nicht die Gesichter unserer Männer vor uns. Sondern sein Gesicht. Brown Boys, die wir kannten und zurückließen. Gesichter, die sich uns eingebrannt haben. Panik – mach die Augen auf, sofort! Gute Frauen. Wir sind gute Frauen.

Wenn wir an einem grau verhangenen Tag an einer Baustelle vorbeigehen, begegnen wir ihnen – zehn, fünfzehn, zwanzig Jahre sind vergangen. Wir halten an, erstarren. Omar!, rufen wir. Julian, Rohan, Anthony, Darius! *Bist du das?*, fragt, jetzt erwachsen und in Neonweste, der brown Boy. Wir werden rot, wenn wir seinen Mund sehen, der uns ans alte jugendliche Begehren erinnert, das wir für ihn empfanden, pur und unverhohlen. Lower East Side. Wir treffen uns mit Freundinnen zur Happy Hour, geben dem Barkeeper einen Zwanziger, und zucken, gucken ihn noch mal an, wenn er leicht spöttisch sagt: *Immer noch Whiskey-Cola, nach all den Jahren?* Wir starren ihn an, erkennen den brown Boy, um den wir in Kellern in Richmond Hill, Jamaica, Woodhaven, Elmhurst unsere Arme schlangen. Während Aaliyah schmachtend sang: *'Cause I really need somebody. Tell me, are you that somebody?* Ich fass es nicht, sagen wir. Wie geht es dir? Den ganzen Abend können wir die Augen nicht von ihm lassen. Schreiben unsere Nummern auf Servietten. Gehen, zittrig. Wir sehen zufällig große Wandgemälde des brown Boy in einem Park in Inwood, seine Skulpturen in Astoria. Wir sehen ihn aus der Ferne, wie er in einem schicken dunkelblauen Anzug über die Wall Street läuft und Sushi in SoHo bestellt. Wir trauen unseren Augen nicht. Wir versuchen, sie und ihre Frauen, in allen Hautfarben, nicht allzu sehr anzustarren. Frauen, untergehakt bei brown Boys, die ihre Regenschirme über sie halten und sie auf Gehwegen stehend küssen.

Wir reisen nach New Orleans zu den Hochzeiten unserer Freundinnen. Tess heiratet jetzt (endlich!) ihren Freund, Samar, mit dem sie schon ewig zusammen ist. Sie haben sich in der Gemeinschaftsküche ihres Wohnheims an der SUNY Albany kennengelernt, wo sie jeden Abend kochten. Faiza sagt: *Ja, ich will*, zu Max, einem Meeresbiologen, nachdem sie den von ihrer Mutter ausgesuchten Verlobten nicht wollte. (Sie wird damit schon klarkommen, sagt Faiza und zieht die Schultern hoch. Hoffe ich zumindest.) Aurora heiratet ihren Partner, Peter, auf dem Campus von Tulane, wo sie sich kennengelernt haben. Wir blasen Seifenblasen auf die vorüberziehenden Frischvermählten, werfen Gänseblümchen und schwenken Wunderkerzen, die knistern und in der hereinbrechenden Dunkelheit leuchten.

Danach, in einer Jazzbar namens Court of Two Sisters, wohin die Party weitergezogen ist, begegnen wir einem Mann, der Schlagzeug spielt. Schlagzeug, das so klingt wie ein erlöschendes Streichholz, dann zischt und lauter wird bis zu einem letzten dröhnenden Schlag. Der im gedämpft beleuchteten Raum nachhallt. Louisiana-Dialekt, wie Karamell im Vergleich zu unserem New Yorker Schnellfeuer. Er bremst uns. Forsche, direkte Frauen. *Wie heißt du?*, fragt er. Wir verraten unsere Namen oder auch nicht. Lust und Begehren, als er das Licht ausmacht. Wenn wir danach in unsere Wohnungen in Manhattan, Brooklyn, dem miesen Teil von Queens und weiter weg zurückkehren, träumen wir für immer von ihm und dieser Nacht. Oder wir verlassen unsere Männer. Verlassen sie für diesen brown Boy, jetzt ein erwachsener Mann. Mach die Augen auf, schnell.

JENNY

Wir liegen in Betten und schweifen mit unseren Gedanken zu ihr, unausweichlich. In Tempeln zünden wir Räucherstäbchen für jeden Buchstaben ihres Namens an, erkennen ihr Profil, wie wir es erinnern, in Mandalas auf Teppichen in Moscheen und alten Graffiti beschmierten Kirchbänken. Wir werden viele Jahre damit zubringen, das Wollen nicht zu wollen. Wir können nicht, sagen wir uns. Es wäre nicht richtig. Aber nachdem uns breitere, schwerere Körper Schmerzen zugefügt haben, uns abstoßen, erlauben wir uns endlich diesen Genuss. Nachdem er mich angefasst hatte, war ich tagelang grün und blau, flüstern wir uns am Telefon zu. Nie, nie wieder.

Oder es kommt gar nicht zu blauen Flecken, nie – wir wissen, dass wir dazu bestimmt sind, Frauen zu lieben, seit wir das erste Mal eine Barbie in der Hand hielten.

Wir bewundern, wie weich der Körper unserer Geliebten ist und wie weich ihre Stimme, verstehen das aber nicht etwa falsch – wir wissen um ihre innere Stärke. *Du bist nicht mehr meine Tochter*, bekommen wir von Eltern zu hören. *Du machst uns nur Schande.*

Jahrelang sprechen wir nicht mehr mit unseren Eltern, wenn überhaupt je wieder, und kommen nicht mehr zu Besuch nach Hause, in den miesen Teil von Queens. *Ich wollte so gern Enkelkinder*, sagen unsere Mütter am Telefon. Wir hören den Vorwurf, die Sehnsucht in ihren Stimmen, und legen auf, mit pochendem Herzen.

Manche von uns tun es. Haben Kinder. Meine Tochter, sagen wir, hat die Augen meiner Frau.

Einige von uns heiraten Frauen, fühlen sich damit aber nie ganz wohl. Ich liebe Sarah, Lan, Ijeoma, Jazeera, aber. Wir fliehen. Wir heiraten Männer zum zweiten Mal. Wir heiraten Frauen zum zweiten Mal. Wir heiraten niemanden zum zweiten Mal.

Wir wissen auch nicht, warum es so kommt, wie es kommt.

Andere von uns wussten, dass wir Mädchen sind, bevor es jemand anders wusste. Manche von uns waren Mädchen in einem früheren Leben, entschieden sich aber irgendwann dagegen, Frauen zu werden. Ein paar von uns sind sich nicht sicher, *was* sie sind. Manche von uns werden es nie sein.

Was auch immer für Leben wir bislang in den Augen der Welt geführt haben, wir hinterfragen die Identitäten, die an uns vererbt wurden, aus einer Zeit noch weit bevor unsere Mütter uns auf die Welt pressten. Von Etiketten – männlich, weiblich – befreien wir uns mit der Zeit.

Wir lernen, uns stattdessen eigene Welten zu schaffen. Wir haben begriffen, dass wir in mehreren Welten gleichzeitig leben.

Ja, einige von uns lernen, die Scham loszuwerden, uns von unserer Erziehung und Konditionierung zu befreien. Manche verlieben sich sogar Hals über Kopf. Unsere Partner*innen, glauben wir, sind stärker als wir. Wir genießen ihre Art, aus dem Mittleren Westen. Ihre waldgrünen Augen, ihre nachtschwarzen Augen, ihre lockigen Haare, die wir uns im Bett mit ihnen um die Finger wickeln. Manche von uns verlieben sich in andere brown Girls, küssen sie, wenn wir in den Winterferien zurück in den miesen Teil von Queens kommen, küssen sie vor unserem Lieblingsthai in Jackson Heights, küssen sie im Bauch einer Skulptur in Astoria, die daliegt wie ein umgekippter Diamant.

Ich habe mir diesen Moment so oft schon vorgestellt, gestehen wir.

Wir können nie loslassen, bis wir es können.

BROWN & BROWN BEDEUTET

Machen uns auf zu dem brown Boy, brown Girl, brown Other, jetzt erwachsen. Mach die Augen auf, schnell!

Gehen mit schnellen Schritten und steigen in U-Bahnen, in denen wir den Halt verlieren, wenn sie ruckartig anfahren. Treten in Bars ein. Warten auf sie. Einen Wodka Ginger Ale, einen Riesling, einen Gin Tonic, einen Dirty Martini, sagen wir. Oder lieber einen doppelten, bitte.

Ist unser Begehren spürbar, steht es uns ins Gesicht geschrieben?

Einige von uns aber zittern nicht. Wir sind ruhig. Wir sind ohne Make-up gekommen, haben keine Cremes und Pasten aufgetragen, um unsere Haut zu verbergen, die Fältchen, die sich um unsere Münder und Augen bilden. Wir sind vierundzwanzig, neunundzwanzig, zweiunddreißig, fünfunddreißig, einundvierzig, aber sechzehn im Herzen. Wir haben unsere Lippen nicht geschminkt. Lass sie alles sehen, denken wir. Wir sind nicht hier, um irgendjemandem was vorzumachen.

Sie kommen. Wie konnten wir vergessen, wie schön sie sind? Wir versuchen, uns jede ihrer Bewegungen einzuprägen, die Art, wie sie uns ansehen, den Klang ihres Lachens. Wir haben sie geliebt, als wir jung waren – manchen von uns wird klar, dass unsere Gefühle nie nachgelassen haben. Wir saugen sie in uns auf. Prägen sie uns ein; vielleicht sehen wir sie nie wieder nach diesem Abend.

Forsche, direkte Frauen.

Weißt du es wirklich nicht besser?

Wir reden stundenlang. Brown und brown bedeutet: Ich muss dir das jetzt nicht erklären, oder? Bedeutet, dass wir ihnen, im Gegensatz zu den weißen Leuten, mit denen wir zusammen waren, und sogar denen, die wir liebten, nicht erzählen müssen, wie wir ausgegrenzt wurden, uns vermittelt wurde, dass wir unsichtbar sind oder wir als Exemplare einer Ethnie herhalten mussten. Ihnen müssen wir nicht beschreiben, wie tief Rassismus im Bildungswesen, bei der Polizei, im Gesundheitswesen und im Strafrechtssystem verwurzelt ist. Wir müssen ihnen nichts über weiße Privilegien erzählen, weißes Überlegenheitsdenken – nichts über Geschichte im Allgemeinen. Wir müssen nicht erklären: Nur weil du es nicht erlebt hast, heißt das nicht, dass es nicht existiert. Wenn wir mit ihnen zusammen sind, versteht sich das alles von selbst.

Brown und brown bedeutet: Erinnerst du dich an die Lehrerin, die ihren Schuh nach einem Kind warf, das auf dem Weg zum Rektor war? Alter, war die verrückt – und was ist aus ihm eigentlich geworden? Bedeutet: Erzähl mal, wie es für dich war, als du nach L.A., Miami, Chicago, Pennsylvania, North Carolina, Iowa gezogen bist. Bedeutet, sich auf einmal an Warnungen zu erinnern. *Wir sind nicht rassistisch, es ist nur so – wir wollen nicht, dass du mit* solchen *Jungs zusammen bist. Willst du nicht auch was Besseres für dein Leben?* Bedeutet, dass wir uns fragen, ob wir sie lieben könnten, da wir in unserer Jugend keine Vorbilder hatten für eine Liebe wie unsere. *Du machst uns nur Schande.*

Für manche von uns bedeutet brown und brown Unbehagen – nachdem wir den miesen Teil von Queens so weit hinter uns gelassen haben, sind wir nicht mehr gewöhnt an Leute, deren Hintergrund dem unseren gleicht.

Für andere von uns bedeutet brown und brown null Verständnis, entgegen all unserer Erwartungen und Hoffnungen. WEN hast du gewählt?, sagen wir angewidert – da wir nicht mehr die stillen, bemühten Mädchen von früher sind. *(Charmant! Deine Freundin ist SO charmant.)*

Bedeutet zu erkennen, dass wir trotz unserer Ähnlichkeiten und gleichen Erfahrungen jetzt auf verschiedenen Planeten leben.

Die Wahrheit? Es spielt keine Rolle, ob wir sie einen Monat lang, zehn Jahre oder nur ein einziges Mal, an diesem Abend, treffen. Ob wir an der Bar ihre Hand nehmen, an dem Abend zusammen durch die Stadt laufen, danach Sex haben oder plötzlich abhauen, voller Reue.

So oder so haben wir uns bereits verändert.

ABRECHNUNG

Als wir nach Hause kommen, sagen unsere Partner*innen, die weißen – Matthew, Joshua, Christopher, Ethan, Connor, Olivia, Taylor, Megan, Chelsea, Brooke und andere: *Ich dachte, du hast dich für mich entschieden, weil du mich liebst, nicht wegen meiner Hautfarbe.*

Wir wenden uns ab; wir ertragen es nicht. Wir wissen nicht, wie wir auf die Verletztheit in ihren Stimmen reagieren sollen. (Sind wir elitärer, als wir es uns eingestehen wollen, fragen wir uns, weil wir uns für weiß statt brown entschieden? – *Kokosnuss! Schlampe!*)

Unsere white Boys, unsere white Girls, unsere white Others, die nicht mehr Jungs oder Mädchen sind, sondern unsere Ehemänner und Ehefrauen, unsere Partner*innen. Die uns morgens Tee und Kaffee kochen, die unsere Kinder großziehen, die unsere Eltern zum Arzt fahren und geduldig mit ihnen im Wartezimmer sitzen, wenn wir bei der Arbeit sind. *Deine Mutter war so stur mit der Krankenschwester – genau wie du!*, erzählen sie lachend. Wenn wir uns spätabends den Schlafanzug anziehen, liegen sie schlafend im Bett, erschöpft von der Arbeit, dem Abendessenkochen, dem

Ins-Bett-Bringen unserer Kinder. Wir sehen sie genau an, während sie ins Reich der Träume hinübergleiten. Haben sie friedliche Träume? (Träumen sie von uns?) Wenn wir neben ihnen liegen, gehen uns ihre Worte durch den Kopf: *Sind wir nicht zusammen, weil wir uns lieben?*

Wir *lieben* dich ja, hatten wir geantwortet.

Und dennoch, wie soll man umgehen mit Beweisstück A), der Firmenfeier unseres Partners. Wir sind eine von drei Personen of Colour im Raum. Ihre Chefs geben uns ihre schmutzigen Teller, weil sie uns für Kellnerinnen halten. Als Mitarbeiter ihnen sagen, was sie getan haben (unsere Partner sind gerade auf dem Klo und bekommen es nicht mit), kommen ihre Chefs schnell zurück zu uns und sagen: *Es tut mir so leid, Michaela, ich hatte meine Brille nicht auf!* Unsere Partner sind außer sich vor Wut in der U-Bahn nach Hause. Aber ihre Entrüstung und Empörung wirken auf uns nur komisch.

Wir haben immer schon Wut empfunden.

Ein anderer Fall, Beweisstück B). Wir sind zum Urlaub eingeladen von den Familien unserer Partner*innen. Vor der Rückkehr in unseren Alltag, bei der Abreise aus Strand- und Landhäusern kommt die Gastgeberin beim Abschied von den Gästen noch schnell zu uns. *Warte, Halima!*, sagt sie. Wir drehen uns um. Sie drückt uns eine kleine Papiertüte in die Hand. *Ich glaube, das gehört dir?*, sagt sie mit erwartungsvollem Gesichtsausdruck. In der Tüte sehen wir zusammengeknitterte Unterwäsche. Grell, billig. Wir brauchen eine Sekunde: Von allen anwesenden Frauen hier, wird uns klar, kann in den Augen der Gastgeberin diese vergessene Unterwäsche nur uns gehören. Tut sie aber nicht – was wir ihr auch sagen, kalt. Warum empfinden wir, obwohl wir nichts falsch gemacht haben, Scham? Und wie lässt sich diese Scham erklären? (Als wir erfahren, dass die schmutzige Unterwäsche den Müttern unserer Partner*innen gehört, versuchen wir, nicht zu würgen.)

Und vergessen wir nicht Beweisstück C), den kurzen Schrecken in den Gesichtern der Tanten und Onkel unserer Partner*innen, als wir ihnen vorgestellt werden. Sie hatten etwas anderes erwartet. *Könntest du dich fürs Foto etwas nach da stellen, Gabby?*, sagt eine Tante zu uns und zeigt in eine Ecke des Raums. *Falls ich dich später rausschneiden will.*

Wie erklärt man diese Erfahrungen? Die Summe all dieser alltäglichen Erniedrigungen, ihr akkumuliertes Gewicht?

Wir haben uns geschworen, unsere alten Freund*innen dieses Jahr häufiger zu treffen, aber wenn wir uns von solchen Momenten erzählen, stellen einige von uns fest, dass wir ins Stocken geraten – nicht, weil uns die Worte fehlen würden für die Beschreibung dieser Vorfälle, sondern für die Erklärung unserer Entscheidung, mit denen unser Leben zu verbringen, die wir lieben, mit denen wir uns ein Leben aufgebaut haben.

Sie haben einen völlig anderen Hintergrund, gestehen wir ein. Sie bewegen sich ganz anders durch die Welt. Aber sie hören uns zu, sagen wir. Sie stellen Fragen. Sie ignorieren nicht unsere Geschichte und leugnen nicht ihre Privilegien. Sie behandeln uns nicht mit Mitleid oder Schuldgefühl, oder nötigen uns zu irgendeiner Absolution. Und das bedeutet uns viel.

Manche unserer Freund*innen verstehen, erzählen uns ähnliche Geschichten der Erniedrigung – ein Preis, den offenbar viele von uns in solchen Beziehungen zu zahlen haben – und auch der Liebe zu ihren Partner*innen. Es ist kompliziert, sagen wir einander zustimmend. Aber einige unserer Freund*innen haben kein Verständnis; sie deuten an, dass sie unsere Entscheidung für weiße Partner*innen für Selbsthass halten, dass sie es mit ihrer Entscheidung für brown besser gemacht haben.

Aber ist denn je irgendwas so einfach?

Viele von uns sind einfach nur Frauen, die in Liebesbeziehungen gestolpert sind. Die lernen müssen, Geschichte irgendwie mit den einzelnen Menschen zu vereinbaren, die vor uns stehen. Die unser Herz erobert haben. Mit denen wir durch die Gänge im Supermarkt schlendern und Kaffeebohnen aussuchen. Wir laufen mit ihnen über die Brooklyn Bridge, gucken Filme im IFC, lassen uns am Wochenende in Montauk die Sonne ins Gesicht scheinen. Partner*innen, die uns die Wohnungstür aufmachen und zur Begrüßung einen Kuss geben.

Da bist du ja, sagen sie. *Endlich!*

ZWISCHENSPIEL

Wir suchen das Unbenennbare. Wir kramen in unseren Manteltaschen – Ich hab es, ich glaube, ich hab es! –, haben aber stattdessen ausgeblichene Kassenzettel, harte, zerknüllte Taschentücher aus dem letzten Winter, einen Lippenstift in der Hand. Farbton: Electric Blue. Hier ist der also! Wir tragen ihn aus Neugier noch mal auf. Wir gucken uns im Spiegel an und fühlen uns futuristisch. Wir spitzen die Lippen und überlegen: Sehe ich wie Rihanna aus? In Manteltaschen befühlen wir einen glatten, runden Gegenstand. Wir halten ihn in unseren Händen – ein Stein, den wir im Prospect Park vom Boden aufgehoben hatten. Wir wollten ihn eigentlich als Briefbeschwerer benutzen und haben ihn dann vergessen. Wir suchen das Unbenennbare zwischen den Rückenwirbeln unserer Geliebten. Wie nebenbei prüfen unsere Finger diese verborgenen Vertiefungen, während unsere Geliebten Geschirr spülen, Metallwägen durch Waschsalons schieben, auf dem Bauch liegen und wegdösen. *Was machst du da?*, murmeln unsere Geliebten. *Das kitzelt.* Wir exen Jameson- und Patrón-Shots in wummernden Clubs in Hell's Kitchen und der Lower East Side, wo

Whitney, alterslos, aus den Boxen dröhnt. *Ohhhhh, I wanna dance with somebody!* Wir lieben es, wenn Biggie gespielt wird, und Jay. Wir singen laut mit, ungehemmt. Wenn Nicki, 50 Cent und Snoop kommen, kennen wir jedes Wort auswendig – was uns eigentlich peinlich ist, jetzt aber völlig egal. *I ain't sayin' she a gold digger,* reimen wir zusammen mit Kanye. Wenn Beyoncé und Cardi gespielt werden, singen wir auch das mit, aus voller Kehle. *I don't dance now, I make MONEY moves!* Wenn wir es aus New York raus geschafft haben, tanzen und trinken wir in Bars in Berlin, Paris, Bangkok, Cartagena, Lagos. Brown Girls brown Girls brown Girls. Jetzt Frauen. Wir sind zweiundzwanzig, dreiunddreißig, sechsunddreißig, neunzehn – wir hören auf zu zählen. Wir sind nie zu jung oder zu alt zum Tanzen. In den Clubs werfen wir lachend die Köpfe zurück, die Kehlen entblößt, glänzend von Glitter und Schweiß. *I'll take care of you*, singt Rihanna für Drake und für uns. Aber wenn wir auf die Böden unserer leeren Gläser blicken, finden wir dort keine Antworten. Nur den verbliebenen Geruch nach Vanille und Benzin. Wenn wir Eltern sind – und einige von uns sind es jetzt –, suchen wir das Unbenennbare, Antworten auf Fragen, die wir nicht formulieren können, in den Wiegen unserer Babys. Wir zupfen Babyschlafsäcke zurecht, wickeln Wesen darin ein, die aus unseren Körpern stammen. Wesen, die jetzt die Form, die Haptik, den Geruch eines Sauerteigbrotlaibs haben. Sie glucksen und strahlen uns an. Kinder, die irgendwann in vielen Jahren, auch wenn wir es jetzt noch nicht wissen – wenn unsere Babys keine Babys mehr sind, wenn sie größer als wir sind und genau so wild –, ramponierte Koffer polternd hinter sich die Treppe runterziehen werden. Dabei: *ICH GEHE!*, schreien. Und wir werden zurückschreien: GUT SO – DANN GEH DOCH! Und die Worte bereits bereuen, als sie uns über die Lippen kommen.

WIEDERSEHEN

Wir treffen unsere Freund*innen von früher – Celine, Xuan, Devina, Genesis, Annika, Kathleen, Maria, Salma – in Restaurants in der Canal Street, in K-Town, Woodside, Harlem. Wir fahren mit der U-Bahn zu den Treffen, um uns zu sehen, Fahrten, die zu High-School-Zeiten wie im Flug vergingen, jetzt aber, da wir älter und müde von der Arbeit sind und einfach nur gern schlafen würden, quälend sind. Wenn wir dann in Restaurants sind und unsere Freund*innen dazukommen, uns begrüßen, fragen wir uns: Seit wann hat Angie eine neue Frisur? Wann hat Grace so abgenommen? Zeig mal die Jacke, die du da trägst, Jaz!, sagen wir, nehmen sie an der Hand und wirbeln sie einmal um die eigene Achse. – Okay, Miss Fancy! Aber mehr noch als die äußerlichen Veränderungen fällt uns das Verhalten auf – war Carla immer so still, so schüchtern? War Huda schon immer so rechthaberisch, und hat Luz früher auch so viel über sich selbst geredet? Sah Esme schon immer so erschöpft aus, als hätte sie gerade einen Marathon hinter sich, als würde sie jeden Morgen mit einem Gewicht um den Hals aufwachen? War Chiomas Stimme schon immer so zittrig? Hat sie damals schon den Blick so gesenkt, zu schüchtern, um Augenkontakt herzustellen? Hat Marjani früher schon beim Lachen den Kopf in den Nacken geworfen, ungehemmt und ganz und gar nicht wie das verlegene Mädchen, das wir erinnern? Hat Nancy früher schon so viel getrunken, einen Cocktail nach dem anderen, als wäre der Alkohol Wasser? War Ruchis Lachen immer schon so nervös? Hatte Sam früher auch so viel Sex mit verschiedenen Typen? Weiß Shanice, dass wir schon von der Trennung wissen? Wenn wir es noch nicht wissen und they es uns erzählt, ist es dann falsch, wenn wir nicht überrascht tun, weil wir immer schon dachten, die Liebe war einseitig, und dass Shanice zu gut für diese Beziehung war? Ist es falsch, dass wir Zion zunächst nicht erkennen, weil die Stimme jetzt tiefer ist als früher? Warum ist das überhaupt wichtig?

Wir lieben unsere Freund*innen trotzdem, nach wie vor.

Fragen uns, wie auch wir uns in ihrer Wahrnehmung verändert haben.

Wirkten unsere Freund*innen immer schon so fragil?

Wir sind uns fremd geworden, aber wir wollen es uns nicht eingestehen. Die Jahre haben uns zu anderen Frauen, zu anderen Menschen gemacht, lange schon nicht mehr die Mädchen, die wir einst waren – Mädchen, die mittags in der Kantine den neuesten Gossip besprachen, zusammen durch die Queens Center Mall zogen, Mixtapes tauschten und dachten, wir würden uns nie fremd werden.

Aber jetzt? *Wir haben uns ewig nicht gesehen*, schreiben wir uns. *Ich hätte Freitagabend Zeit ... Wollen wir was essen gehen?* Und fühlen uns dann komisch, fragen uns, ob wir Gespenstern nachjagen.

Was ist Freund*innenschaft?, denken wir. Ein Fossil, ein altes Foto, ein Puzzle?

Wir vermögen es nicht zu sagen.

Der Abend geht dahin, verrinnt. In Kneipen mit Kerzenlicht auf der Atlantic Avenue, in Barbecue-Imbissen an der 125ten, wo wir uns die Marinade von den Fingern wischen und in schäbigen Bars im East Village, wo wir unser Gesicht in schmierigen Spiegeln sehen, reden wir nur über oberflächliche, unwichtige Dinge. Wie konnten wir so werden? Ab wann waren wir nicht mehr die Freund*innen, die füreinander da sind?

Nach dem Essen und zwei Runden Drinks bitten wir unsere Freund*innen, da wir uns noch von ihnen verabschieden wollen, mit uns auf Parkbänken zu sitzen, deren Farbe abblättert, auf Sofas in Weinbars, wo mit einem *Fupp!* Sancerre-Flaschen geöffnet werden. Andere von uns hören, wenn wir aus den Restaurants auf die Straße treten, von irgendwoher Musik. Wir tauschen kurz einen Blick mit unseren alten Freund*innen und beschließen, den Geräuschen zu folgen, landen im Central Park. Dort findet gerade ein kleines Outdoor-Konzert statt: Celli, Geigen und eine Harfe spielen eine Sinfonie. Wir sitzen im Schneidersitz auf dem Boden, ziehen die Schuhe aus und lassen das Gras unsere Zehen kitzeln. Suchen nach Spuren der Mädchen, die wir einst waren. Wenn wir die Stille zwischen uns nicht mit Worten auflösen können, vielleicht ja mit Musik.

Wenn wir es doch schaffen und über unser Leben sprechen, tun wir es zögerlich. Wir sind steif, unbeholfen. Wie überbrücken wir die fehlenden Jahre? Wie die Distanz, die wir empfinden? Einige von uns scheuen sich davor, zu erzählen, was bei ihnen im Leben los ist, unsicher, ob wir uns voreinander so verletzlich zeigen können wie einst.

Manche von uns stoßen jedoch Türen auf und lassen unsere alten Freund*innen herein. Wir gestehen uns: Ich habe es noch niemandem erzählt, aber ich habe mich im Sommer in einen anderen Mann verliebt. Sie hat mich nach der Arbeit geküsst, sagen wir, und dann sind wir zu ihr nach Hause gegangen. Ist es komisch, dass ich nichts dabei empfand, als wir miteinander schliefen? Unsere Geständnisse sorgen für Erleichterung, gemischt mit Schmerz und Scham. Ich habe Brendan, Manny, Selena, Audrey, Hamdan, Taylor vergessen, unsere Partner*innen, die zu Hause warten. Als ich zurückkam, hatten sie die Kinder schon ins Bett gebracht. *Alma, Atreyi, Justine, Saira, Yun-Hee,*

Natalie, wo warst du denn? Wir beichten uns Dinge, die wir sonst nicht laut aussprechen wollen, Gefühle, von denen wir nicht einmal wussten, dass wir sie verdrängt haben. Ich schwöre bei Gott, es war nur ein kleiner Fleck auf dem Ultraschallbild. Es war nichts; hatte ich mir zumindest gesagt. Aber warum träume ich immer wieder davon? Wir sagen: Mein Bruder? Ich habe ihn seit Monaten nicht gesehen. Ich hasse es, ihn dort zu besuchen. Ich kann seinen Blick nicht ertragen. Wir gestehen: Manchmal würde ich gerne einfach alles hinter mir lassen.

Geht es dir auch manchmal so?

UNSERE NICHT-SPIEGELBILDER

Du wirst schon sehen, wenn du erst mal groß bist, hatten unsere Mütter gesagt. Als würden wir eines Tages plötzlich verstehen, warum sie in unserer Kindheit so waren, wie sie waren: übertrieben kritisch, beiläufig brutal, fantasielos, kleinkariert. Ängstlich. Wir schworen uns damals, nie so zu werden wie sie. Monatelang, dann jahrelang, rufen wir fast nie zu Hause an. Und wenn, erzählen wir unseren Müttern nur, was sie hören wollen, was wir glauben, ihnen zumuten zu können: Ja, bei der Arbeit läuft es gut. Ja, den Kindern geht es bestens. Denn wenn wir ihnen die Wahrheit erzählen würden – dass wir unsere Partner*innen verlassen haben, dass wir adoptieren wollen, dass wir uns ganz gegen Kinder entschieden haben, dass wir tiefunglücklich sind – oder zum ersten Mal richtig glücklich –, würden unsere Mütter, so nehmen wir an, uns zu einem anderen Leben zwingen wollen.

Brown Girls brown Girls brown Girls.

Die älter werden und sich fragen, ist es einfach nur die Zeit, die uns milder gegenüber unseren Müttern werden lässt? Die unsere Erinnerungen weniger schmerzhaft macht?

Komm mal wieder zu Besuch, sagen unsere Mütter am Telefon.

Du wirst schon sehen, haben sie früher gesagt, und ja, das tun wir tatsächlich, im täglichen Kreislauf zwischen Arbeit (wir sind Krankenpfleger*innen auf der Intensivstation, Computerprogrammierer*innen, Geschichtslehrer*innen an der High School, Kunstprofessor*innen, Opernsänger*innen, Barkeeper*innen, Sozialarbeiter*innen, Buchhalter*innen), dem nie enden wollenden Strom von Rechnungen (Haus, Auto, Feuer, Lebensversicherung, Gas, Strom, Wasser, Hypothek, Grundsteuer, Miete, Kinderbetreuung) und unseren Geliebten und Kindern, die uns alles abverlangen (*Kann ich ein Paar Doc Martens bekommen, Mama?* Wie sehe ich aus, blaffen wir sie an, wie ein Geldautomat?!), bis wir uns erschöpft und leer fühlen.

Wir werden älter und weicher. Nachts schauen wir in Badezimmerspiegel. Berühren mit den Fingern unsere Mundwinkelfalten, die Tränensäcke unter unseren Augen. Doch statt unserer eigenen Spiegelbilder sehen wir mit Erschrecken in die Gesichter unserer Mütter. Wir drehen unsere Köpfe erst zur einen, dann zur anderen Seite. Sie folgen unseren Blicken.

Wenn wir in Betten liegen und nicht schlafen können, fragen wir uns, wer unsere Mütter wohl früher mal gewesen sind – bevor sie die Frau von jemandem wurden, Mutter, Großmutter.

204   Wir schließen die Augen.

Wenn wir sie öffnen, sehen wir unsere Mütter in Flugzeuge mit der Aufschrift *Delta, American Airlines* steigen. Sie lassen ihr früheres Selbst zurück in Ländern, die wir nie ganz verstehen werden. Unsere Mütter haben jetzt das Ziel, sich ein Leben in den United States of America aufzubauen. Dem Land der unbegrenzten Möglichkeiten. *Tschüss! Tschüss!*, rufen sie ihren Müttern und Vätern zu, ihren Geschwistern und Freund*innen. Wir hören Triumph, Stolz und Vorfreude in ihren Stimmen. *Ich hau ab von hier!* Wir sitzen eine Reihe hinter ihnen, hinter Zeitschriften verborgen.

Wir sind Geister aus der Zukunft.

Als sie in New York City landen, ungefähr 1990, werden sie von einer schwindelerregenden Menge von Menschen verschiedenster Hautfarben begrüßt, die die verschiedensten Sprachen sprechen, Musik in ihren Ohren. Sie schlendern an hoch aufgetürmten Haufen von Müllsäcken auf Gehwegen vorbei, und jeder Menge Graffiti – an Schaufenstern, an Autos, an Wänden in Gassen, an Backsteinbauten. Aber sie lassen sich nicht beirren. Ihre Aufregung und ihre Hoffnungen überwiegen ihre Ängste. Sie können es kaum erwarten, die Freiheitsstatue zu sehen, vor allem aber Ellis Island, wo, so haben sie gehört, Einwander*innen wie sie – Menschen aus Ländern wie Irland, Italien, Russland, Polen und vielen anderen – einst landeten. Dass sie mit Schiffen kamen, um an amerikanische Küsten zu gelangen.

Wir begleiten sie an arbeitsfreien Tagen, wenn sie in U-Bahnen und Busse steigen, um ihr neues Zuhause – Können sie es so nennen?, fragen sie sich – zum ersten Mal zu erkunden. Sie besichtigen die Häuser der Küstenwache auf Governors Island, bestaunen die riesigen Dinosaurierknochen im Naturkundemuseum, sehen den unbekümmerten Amerikaner*innen beim Schlittschuhlaufen im Central Park zu (das Budget unserer Mütter ist knapp, Eintrittskarten können sie sich nicht leisten) und setzen sich vorsichtig auf Handtücher am Rockaway Beach, wo sie versuchen, die Frauen in Bikinis nicht anzustarren. Wenn unsere Mütter Heimweh haben, entdecken sie ihre Lieblingsnahrungsmittel in einer Gegend nicht weit von Queens entfernt, die den Namen Jackson Heights trägt. Sie sind so ungeheuer erleichtert, vertrautes Essen zu finden, und nicht zuletzt einen Ort voller Immigrant*innen wie sie, dass sie fast weinen müssen.

Als unsere Mütter zum ersten Mal in amerikanischen Supermärkten sind, sehen wir ihnen dabei zu, wie sie Gänge voller glänzender Lebensmittel bestaunen, deren grenzenlose Fülle magisch wirkt. *Ananas das ganze Jahr über?!* (Denn was ist amerikanischer als der Überfluss, nicht den Gesetzen der Natur, den wechselnden Jahreszeiten unterworfen zu sein, sondern über sie erhaben?) Wir gehen mit ihnen raus, als sie zum ersten Mal den Fuß in Schnee setzen und sich wünschen, ihre Freund*innen wären dabei.

Einige unserer Mütter haben unsere Väter noch nicht kennengelernt, also begleiten wir sie zu Blind Dates, die von ihren Arbeitskolleg*innen arrangiert wurden. Einige unserer Mütter kamen als bereits verheiratete Frauen an, müssen aber zwei, drei, fünf Jahre warten, bis die Visa unserer Väter genehmigt werden. In diesen Jahren gibt es unsere Väter nur als Stimmen in Ferngesprächen. *Wir vermissen dich*, flüstern unsere Mütter in Münztelefone. Eine Distanz, die wir nie werden erleben müssen. Wir stehen neben unseren Müttern, die noch nicht unsere Mütter sind, während sie die Regale bei Goodwill durchstöbern. Wir stupsen einen knielangen auberginefarbenen Mantel, von dem wir glauben, er könnte ihnen gefallen, in ihre Richtung. Sie eilen aber an ihm vorbei, hin zu einer Jacke aus bunten Flicken, die in Form eines Regenbogens zusammengenäht sind. Wir heben erstaunt die Augenbrauen. Wir beobachten sie, als sie die Jacke anprobieren, sich im Spiegel bewundern. 24,99 dafür hinblättern. Wir sitzen im Schneidersitz auf Klodeckeln, während unsere Mütter die Jacken zu Hause sorgfältig in Badewannen von Hand waschen. Wir schlafen neben ihnen ein und wachen neben ihnen auf in Wohnungen, die sie mit vier anderen Frauen teilen. Wenn sie aufstehen, sind wir erstaunt über ihren Ehrgeiz und ihren Enthusiasmus, die sich die Waage halten mit Heimweh und Einsamkeit, die ihre Körper ausströmen.

Unsere besorgten Mütter, immer nur praktisch denkend und fantasielos – dachten wir zumindest. Die, wie wir überzeugt waren, nie Träume hatten.

Wie falsch wir lagen.

Aber wie kann: *Wir wollten ein besseres Leben für uns – und dich*, ein Traum sein? Wie kann ein Ort ein Traum sein? (Sind wir ihren Träumen gerecht geworden, fragen wir uns, beklommen.) Und verstehen, dass wir ihre Träume, die wir aufgewachsen sind in diesem Gelobten Land, nie ganz begreifen werden.

Verstehen: Wir sind ihr Gelobtes Land.

In Millionen Jahren hätten wir nicht den Mut gehabt, wegen eines Traums in ein fremdes Land zu ziehen, eine fremde Sprache fließend sprechen zu lernen, Familien auf fremdem Boden zu gründen, fern derer, die wir lieben. Kinder großzuziehen, die sich oft wie Bilder in trüben Spiegeln fühlen. Die von dem Moment an, da sie laufen lernen, weiter rennen, als sie sehen können.

Unverwüstlich, stark, entschlossen schufen sich unsere Mütter ein eigenes Zuhause.

Auch das haben wir im Blut.

Mitten in der Nacht, wenn endlich alles still ist, greifen wir zum Telefon.

Wir glauben nicht, dass sie um diese Uhrzeit rangehen werden. Wir sind überrascht, als sie es doch tun.

Wie geht es dir, Ma?, fragen wir.

Wir hören die Überraschung in den Stimmen unserer Mütter, erkennen einen Eifer, der unseren eigenen spiegelt.

Oh!, sagen sie. *Du bist es.*

QUEENS IM FUTUR

Wir sind auf dem Weg zu einer Fotoausstellung in einer Gegend von Queens, die bei uns die Vorstellung von kilometerweit leer stehenden Fabrikgebäuden hervorruft. Als wir aus der U-Bahn-Station kommen, stellen wir aber fest, dass es hier gar nicht so aussieht, dass die Bilder in unseren Köpfen aus der Vergangenheit stammen. Wir sehen dort stattdessen ein halbes Dutzend im Bau befindlicher schicker Glasgebäude mit Eigentumswohnungen, das riesige gläserne Raumschiff eines Tech-Unternehmens, dessen Logo eine angebissene Frucht ist, die unheilvoll auf den Sündenfall des Menschen verweist, und einen multinationalen Supermarkt, der ganz auf die ach-so-sensiblen Verdauungstrakte der Ersten Welt zugeschnitten ist. Wir lesen die Werbung an den Schaufenstern des Supermarkts: GLUTENFREILAKTOSEFREIKETO-PALEOBIO. Es könnte dort genauso gut *fader Scheiß* stehen, denken wir. Ganz zu schweigen von *nervigem* Scheiß. Wir fragen uns, wie es diesen Glutenfreilaktosefreiketopaleobio-Leuten wohl geht, wenn sie in Länder reisen, wo das Essen auf Straßenmärkten und in Woks und auf Kohlegrills direkt vor ihnen gekocht wird, oder vom Rücksitz eines Motorrads herunter verkauft wird oder aus den kleinen Fenstern irgendeines Standes oder Sari-Sari-Ladens einer Oma. Wir stellen uns vor, wie diese Leute im unwahrscheinlichen Fall, dass sie in solche Länder reisen *(Aber ist es dort nicht gefährlich???)*, in Restaurants sitzen und die Kellner mit lauten Stimmen fragen: *ENTHÄLT – DAS – LAKTOSE – ODER – GLUTEN?*, offenbar im Glauben, dass Englisch sprechende Nichtmuttersprachler*innen taub sein müssen. Wir stellen uns vor, wie die Gerichte vor ihnen stehen und die Urlauber*innen aus der Ersten Welt ihre Nasen rümpfen und: *Das kann ich nicht essen!*, jammern. Nun, sagen wir mit einem Lächeln, dann verhunger halt. Wir kommen an einem weiteren Supermarkt vorbei, exportiert aus dem sonnigen Californ-I-A. Wenn Hipster Joe's auch hier ist, dann, denken wir, ist es vorbei. (Trotzdem kaufen wir die gefrorenen Spinatpasteten von TJ's und ihr Mandel-Vanille-Granola, das, so finden wir, unfassbar geil schmeckt.) Ohne Orientierung laufen wir durch dieses geliftete Queens im Futur, mit seinen breiten Straßen und Uferpromenaden und Portalkranen – was auch immer das sein soll. Sehen hier und da Gesichter, die brown sind, in dem Meer von weiß. Zugezogene, vermuten wir, die den Suburbs entkommen sind, in diesen mit Kinderwagen überfüllten, neuerdings schicken Teil von Queens gezogen sind.

What the fuck?, murmeln wir.

Aber im Ernst – warum sollte uns das überraschen? Wir haben die gleiche Entwicklung ja schon andernorts mitbekommen – den Abriss, den Neubau von Eigentumswohnungen, den Zuzug teurer Ketten, was die Gegenden gleichförmig und unpersönlich macht, bereinigt von eigenem Charakter und eigener Geschichte, austauschbar mit jeder anderen Stadt voller Hochhäuser und McDonald's-Filialen. Wir haben auch in den anderen *Voll im Kommen!*-Gegenden, in Bed-Sty, Bushwick, Harlem sehen können, wie sie damit auch weißer werden. Wir haben von Älteren gehört, wie es früher mal in der Lower East Side und im Village aussah.

Von der Fotoausstellung haben wir von Freund*innen gehört, mit denen wir auf der Kunsthochschule waren (wir haben Abschlüsse von der Rhode Island School of Design, der UCLA, dem Art Insitute of Chicago, aber nie vom Pratt Institute), und wir haben Besprechungen der Ausstellung in der *New York Times* und in *The New Yorker* gelesen, die beide betonten, wie *sensibel* und *tiefbeeindruckend* sie sei und *was für eine tiefgründige Darstellung des Kampfes von People of Color gegen* ... blablabla. Da die Ausstellung in unserem alten Stadtteil stattfindet – wenn auch in einer Gegend, in der wir früher nie waren, da sie am anderen Ende des miesen Teils von Queens lag, haben wir beschlossen, sie uns anzuschauen.

Als wir die Ausstellung betreten, blicken wir uns um und hassen sie sofort.

Finden, dass die Grundannahme dieser Ausstellung, und damit letztlich auch die gezeigte Kunst, nach einer so selbstgefälligen und selbstgerechten, so *progressiven* Haltung riechen, dass wir lachen müssen, um nicht stattdessen die gezeigten Fotos in Stücke zu reißen. Wir gehen.

Einem Impuls folgend fahren wir mit der Sieben in einen anderen Teil von Queens, fünf Stationen entfernt von diesem Viertel mit seinem *atemberaubenden Blick auf die Skyline von Manhattan!*, wie es die Werbung der Immobilienmakler verheißt – natürlich ohne die Miete von 3000 Dollar im Monat zu erwähnen, die der Preis sind für diesen Blick.

Am Ziel angekommen, treten wir aus der U-Bahnstation auf den alten Boulevard des Todes.

Die Laster schieben sich durch den dichten Verkehr und von einer Moschee ertönt der Gebetsruf, /aʈ/ ɭ/ aɭ/ ɭ/. Aus einem Gulli steigt Dampf auf, was ein derart klischeehaftes Bild ist, dass wir die Augen verdrehen und gleichzeitig lachen müssen. Wir bekommen in diesem Stadtteil sofort Bock auf Momos, Schweinefleisch-Sisik, Rindfleisch-Empanadas, deren bloßer Duft, aus den Foodtrucks herüberziehend, uns schon das Wasser im Mund zusammenlaufen lässt, noch bevor wir in den blättrigen Teig beißen.

Wir hatten gar nicht gemerkt, dass wir die ganze Zeit Hunger hatten.

Auf dem Weg zu den Restaurants in der Gegend –

Sawasdee, La Tierra, Coco Malaysian, Tandoor N Talk, Nanay's – kommen wir an einem Stoffladen vorbei, in dem Bindis die Stirnen der ansonsten gesichtslosen Schaufensterpuppen schmücken. Wir laufen an den Werbetafeln von Anwaltskanzleien für Einwanderungsrecht vorbei, die unter anderem auf Liebe und Green-Card-Ehen spezialisiert sind und die Beratung durch ERFAHRENE ANWÄLTE, DIE IHREN AMERIKANISCHEN TRAUM WAHR WERDEN LASSEN versprechen. Wir sehen Geschäfte, die anbieten, Dinge (wie abgetragene Wintermäntel, Bratpfannen, Schokoriegel, die auf Zungen in Mündern zergehen, in die noch nie ein*e Zahnärzt*in geblickt hat) an Familien und Freunde in fernen Ländern zu verschiffen. *Könntest du das nächste Mal einfach Geld schicken?*, fragen einige unserer Verwandten verärgert, nachdem sie die wild zusammengewürfelten Pakete unserer Familien geöffnet haben. Um uns herum dringt Musik aus den Autos, die uns anhalten lässt. Zuhören lässt.

Como la flor
Con tanto amor!
singt Selena.

Und aus einem blitzblanken BMW kommt Shah Rukh Khans wogende Stimme:

तुम पास आये यूँ मुस्कराये
तुमने न जाने क्या सपने दिखाए

Erinnern uns, wie wir *Kuch Kuch Hota Hai* schau-
ten, zusammen mit unseren Cousinen.

Liebeslieder, immer. Doch dieses Mal stellen wir fest,
dass uns der Lärm und das Chaos nicht mehr so abstoßen wie früher. Der miese Teil von Queens, dieser
Ort, den wir so unbedingt verlassen wollten.

Wer hätte gedacht, dass wir uns je danach sehnen
könnten zurückzukehren?

[+]

Oh mein Gott. Wie heftig, es ist so weit. Wir starren regungslos auf die Plastikstäbchen. Das erste Gefühl: ein berauschendes, wildes, Wir-glauben-wir-müssen-kotzen-wir-haben-Angst-und-sind-aufgeregt-wie-vor-einem-Bungee-Sprung-von-der-Brooklyn-Bridge-oder-dem-ersten-Mal-Tauchen-Gott-wir-hoffen-wir-werden-Gott-es-nicht-scheiße-machen-Gefühl – das erste Gefühl bei denen von uns, die ausgiebige Eisprungberechnungen angestellt haben, den Kalender und die App in der Hand. Wir haben uns unsere Partner*innen geschnappt, gesagt: Es ist Vollmond und ich bin fruchtbar, komm!, und sind in unsere Betten gestürmt. Manche von uns blinzeln kurz beim Anblick des Stäbchens. Schauen dann noch mal, länger. *Bitte* lass das nicht wahr sein.

Andere von uns gehen nach ungeschütztem Sex ganz ruhig zu Rite Aid, CVS an der Ecke. Kaufen Plan B, wie in Ich-bin-noch-nicht-bereit-dafür. Plan B für Ich-habs-verkackt. Nehmen die Pille danach. Schluck! Und spüren, wie sie kratzend den Hals runterrutscht. Sagen uns, dass wir nächstes Mal nicht so bescheuert sein werden, so scheiße sorglos, auch wenn einige von uns diesen Fehler noch mehrfach machen werden. *(Diese amerikanischen Frauen!)* Andere von uns nehmen die Pille nicht. Stattdessen lassen wir drei Tage verstreichen. Einen Monat, zwei, vier. Sagen: Sayonara Plan B, Plan Bye-bye für immer. Also gut. Unfälle, die wir behalten.

Wir haben Heißhunger auf die Schokostücke im Eis, auf beidseitig angebratenes Dosenfleisch, auf Obstsalat aus Konservenfrüchten mit zäher, gallertartiger Konsistenz, auf Eistee aus Neunzig-Cent-Dosen von AriZona, auf unreife Mangos und auf Bud Light, das wir zwar nicht trinken können, was aber schon okay ist – wir wollen einfach nur die kalte Aluminiumdose in den Händen spüren. Unsere Körper dehnen sich aus, als wären die in uns heranwachsenden Wesen Galaxien. Wir liegen mit Schwindel auf Sofas rum, mit diesen Galaxiebabys im Bauch, und bleiben erschrocken vor Bodegas stehen, wo Kleinkinder auf mechanischen Ponys reiten zu blecherner Musik. *The wheels on the bus go –.*

Nur die Naivsten von uns fühlen sich bereit.

Wochen vergehen. Es wächst in uns das Gefühl eines schwarzen Lochs, wir tun aber so, als existiere es nicht. Ein Gefühl, das wir nicht abschütteln können, es breitet sich immer weiter in uns aus. Wir gehen in den Park, wo ein Eiswagen sein munteres Lied scheppert. Wo Rennräder an uns vorbeisurren und wir das Stimmengewirr picknickender Familien hören. Alles viel zu hell und fröhlich. Wir pressen unsere Körper gegen das Geländer am Pier, wo Wellen schäumen und auf Felsen prallen. Der Geruch von Seegras und dem Müll von New Jersey legt sich auf unsere Zungen. Wir stehen da, die Hände auf unseren noch nicht runden Bäuchen. Frachtschiffe, riesig wie Raumstationen, ziehen vorbei. Irgendein Ziel haben die, denken wir. Während wir fest verwurzelt hier auf dem Boden stehen. Die Hitze kitzelt unsere Kopfhaut, fließt träge durch unsere Kehlen und wird zu einem Schmerz im Bauch, der uns zum Hinsetzen zwingt. Wir legen die Hände auf den Bauch: sechs Wochen. Denken: zu spät?

(Wachen ausgeschabt auf der Liege beim Arzt auf. Zu Hause packen wir neu gekaufte, aber nie geöffnete Farbdosen weg, ein halb zusammengebautes Kinderbett. *Wie konntest du das tun?*, schreien unsere Partner*innen am Telefon, auf Gehwegen, in Schlafzimmern, wo wir ihnen nicht in die Augen sehen können. *Du bist so eine gestörte Psychopathin*, sagen sie. Sie schmeißen ihre Kleider in Taschen und verschwinden für zwei Wochen. Verschwinden für immer. Sie sagen uns, wir sollen abhauen, *hau jetzt endlich ab*, und wir tun es. Wir klopfen an die Türen unserer Eltern in Queens. Oder wir tun es nicht. Bleiben, wenn sie schreien, *Das war unser* – Baby, sagen wir. Beruhige dich. Unsere Geliebten, die nicht mehr unsere Geliebten sind, wir sehen es in ihren Augen, wenn sie in jener Nacht im Bett liegen, schlaflos und schweigend.

Fremde, die eine ganze Woche lang kein einziges Wort sagen. Außer: *Na ja.* Außer: *Ich wollte es sowieso nicht, ich habe es wirklich nie gewollt* [aber wir wissen, dass das nur Worte sind]. Außer: *Bist du jetzt glücklich?*)

KLEINE FLAMMEN

Mama, kann ich mit dir die Augen tauschen?, fragen
unsere Töchter. Sie sind drei, fünf, siebeneinhalb Jahre
alt. Wir wiederum sind einundzwanzig, fünfundzwan-
zig, achtundzwanzig, zweiunddreißig, siebenunddreißig, dreiundvierzig, neunundvierzig, obwohl wir uns
gleichzeitig hundert, zwölf, sechzehn und einen Tag alt
fühlen. *Mami, ich will deine Haut tragen!* Ach Schatz,
sagen wir. Erstens ist das ein grusliger Gedanke. Und
zweitens, warum? Du bist doch schön so, wie du bist.
Wir kneifen sie in die Nasen, helfen ihnen beim Zähne-
putzen, kleben ihnen Abziehtattoos in Form von See-
pferdchen auf die pummeligen Arme, zerren sie von
den mechanischen Ponys der Bodega weg, lesen ihnen
Bücher über unterernährte Raupen vor, fahren mit der
South Brooklyn Bound Ferry und erfinden Geschichten darüber, was sich im Meer unter uns befindet. Es
war einmal ein Ungeheuer mit Augen auf dem ganzen
Körper. Es wanderte über die ganze Erde und suchte
nach einem anderen Wesen, das genauso aussah wie
es selbst. Als es aber kein anderes Wesen fand, das
von Kopf bis Fuß mit Augen bedeckt war, fing es an zu
weinen. Seine Tränen füllten die ganze Erde, die Täler

und Schluchten, wo einst Krater gewesen waren. Seine Tränen überfluteten die ganze Welt – *So traurig war es?*, fragen unsere Töchter. Ja, sagen wir. Und deshalb gibt es heute Ozeane. (Unsere Töchter, die jetzt dreizehn, fünfzehn und siebzehn sind, sagen, *Das war eine schreckliche Geschichte damals, Mama. Unfassbar deprimierend!*) Unsere Töchter, deren Haut die Farbe eines von der Sonne beleuchteten Ziegelsteins hat, die Farbe von Porzellan, die Farbe des dunklen Blütenstempels einer Sonnenblume. Die Farbe von Ich-wusste-nicht-mal-dass-ich-diese-Gene-habe. Unsere Töchter, unsere Nicht-Spiegelbilder. Die die Nase rümpfen, wenn sie lachen, so wie wir, die mit halb geöffneten Augen einschlafen, so wie wir, bis wir sie mit Küssen zumachen. Die wir in unseren schwächsten Momenten glauben, zähmen zu müssen, so wie wir gezähmt wurden. Bürste dein Haar, zieh ein Kleid an, gehorche. Bis wir von ihren schlafenden Körpern einen Schritt zurücktreten.

Was ist das? Erschrocken schauen wir genauer hin.

Wir entdecken eine winzige Flamme, die in der Mitte ihrer Brust schwebt. Wir formen hohle Hände über ihrer Wärme. Wir zucken zurück, als sie an unseren Fingerspitzen vorbeiflackert.

Unsere Töchter, unsere Töchter. Haben die ewig breiten Wangenknochen unserer Großmutter, die dichten, ausdrucksstarken Augenbrauen unseres Vaters oder Gene, die nichts mit uns zu tun haben, nichts im Geringsten, was uns aber komplett egal ist – wir wissen, dass wir füreinander geschaffen sind. Unsere Töchter, die gerne puzzeln und Gegenstände auseinandernehmen und wieder zusammensetzen, die Outfits zeichnen, ganze Städte, unsere Galaxie und ferne andere, entsprechend ihrer Vorstellung, die ein ganzes Jahr lang nichts anderes als die Farbe Waldgrün und Sandalen mit Socken zu tragen bereit sind (wir flehen sie an, es nicht zu tun, aber sie beachten uns nicht), die es lieben, mit uns und manchmal auch mit ihren Großmüttern durch frisch gefallenen Schnee zu spazieren, und die sizilianischen Pizzastücke, deren knalloranges Öl wir ihnen vom Kinn wischen müssen. Die beschließen, auch Opernsänger*innen werden zu wollen, nachdem sie einmal zufällig in die Küche kommen, wo wir beim Abwasch eine Arie schmettern.

Unsere Töchter, die uns bitten, ihnen die Geschichte unseres Lebens zu erzählen.

Aber was sagen wir darüber, eine Frau of Color, eine Person of Color in der heutigen Welt zu sein?

Na ja, beginnen wir zögerlich. Was würdest du denn gern wissen?

Wo du aufgewachsen bist, sagen sie. *Erzähl von Oma und Opa. Wer waren deine besten Freund*innen? Wen hast du am liebsten gehabt?*

Wir öffnen den Mund, aber es kommen keine Worte heraus. Kein ganzer Satz, nur ein Krächzen.

Stattdessen schießen uns Bilder durch den Kopf:

der miese Teil von Queens, unser altes Viertel, wo dieser eine einsame Baum jetzt nicht mehr steht, der Gehweg geebnet wurde. Die Wurzeln unsichtbar darunter, nur den Augenblick abwartend, wieder hervorzubrechen. Wissen sie, dass alles, was ein Teil von uns ist, auch ein Teil von ihnen ist?

Unseren Kindern, die noch nie in unserer Heimatstadt waren, versprechen wir: Eines Tages gehen wir mit euch da hin.

Unsere Töchter, unsere Töchter, die diese Welt noch nicht kennen, aber einen Willen besitzen, der sich nicht zähmen lässt. Sie sind drei, vier, fünf, siebeneinhalb Jahre alt. Die die Macht besitzen, uns in zwei Teile zu zerlegen. *Unsere brown Girls.* Stark genug für das Leben. Das hoffen wir zumindest. Mehr als zu hoffen können wir nicht tun.

TEIL ACHT

BROWN GIRLS ÜBERQUEREN DIE LETZTE GRENZE & ALL I GOT WAS THIS LOUSY T-SHIRT

Wir sterben.

Und zwar nicht in einem metaphorischen Sinn – nicht im orgasmischen Oh-Gott-ist-das-geil-ich-sterbe!-Sinn, oder im Gestorben-auf-dass-ich-Gott-lebe-Halleluja!-Sinn, und auch nicht im Du-bist-so-was-von-tot-für-mich!-Sinn. Sondern im wörtlichen Sinn.

Wir sterben, und niemand will sich den Tod vorstellen.

Schnappschuss des Todes #354 – ein rätselhaftes, bisher unbekanntes Virus bricht in einem Land aus, das einige unserer Eltern verlassen hatten. Ein Ort, an den wir als Erwachsene gereist waren. Irgendwann erreicht das Virus – begleitet von einer nicht minder toxischen antiasiatischen Stimmung – unsere hell strahlenden Küsten mit dem Sternenbanner, das *Land of the Free* (A-a-a-nd! The Home! OF THE! BR–). *Ihr habt keine Kontrolle*, verkündet das Virus, das sich jetzt zu einer weltweiten Pandemie entwickelt hat. Wenn dämonische Viren denn sprechen könnten.

227

In unseren Gegenden machen wir es wie die anderen und bunkern Desinfektionsmittel für die Hände, Bohnenkonserven, Nudeln, rollenweise Toilettenpapier, um uns den Arsch abwischen zu können, Gegenstände, die unsere kostbaren Körper am Leben erhalten. Die Panik und Angst und Ungewissheit aller besagen letztlich nur das eine: ICH WILL NICHT STERBEN ICH WILL NICHT STERBEN. Unsere Mütter kümmern sich derweil um die Erkrankten und Sterbenden in den städtischen Krankenhäusern, die völlig überfüllt sind, und von der Regierung quasi aufgegeben wurden (da der Präsident mit Golfspielen beschäftigt ist und behauptet, die Gefahr durch das Virus werde übertrieben dargestellt).

Wenn unsere Mütter uns einfach nur von ihrem Tag erzählen, während wir uns das Handy ans Ohr pressen, bis es schmerzt, empfinden wir eine so tiefe Achtung, eine so große Bewunderung, dass uns auf einmal bewusst wird, wie wenig wir bislang über ihre Arbeit wussten, oder verstanden hatten.

In den USA infizieren sich und sterben überproportional viele Menschen, die brown sind. Und ja, einige von uns gehören dazu.

(März 2021: ein Jahr nach New Yorks erstem Lockdown. Voraussichtliche Zahl der Todesopfer in den USA: 500 000 Menschen.)

Aber egal, darum geht es nicht.

Wir sterben.

Wir könnten all die anderen Weisen aufzählen, auf die wir zu Tode kommen: zufällig und willkürlich (wir geraten in Stromschnellen, Unfälle mit Fahrerflucht, werden von herabfallenden Klimaanlagen erschlagen – solcher Scheiß kommt häufiger vor, als man denkt), zielgerichtet und schnell (wir schlitzen uns die Pulsadern auf, springen von Brücken), zielgerichtet und langsam (mehrere Flaschen Alkohol, eine Schachtel Zigaretten pro Tag), natürlich und langweilig (im Alter, umgeben von unseren liebevollen Familien). Wir sterben an Krankheiten, die in unserer DNA und unseren Zellen lauern (Herzinfarkte, Krebs, Aneurysmen). Wir sterben gezielt durch die Hand eines anderen (uns wird auf grausame Weise das Leben genommen, und wir werden unsere Mörder*innen hier auf Erden und bis in alle Ewigkeit verfolgen). Ach, es gibt so viele Weisen, auf die wir sterben, unmöglich und sinnlos, sie alle aufzuzählen. Begnügt euch also mit dieser einfachen Feststellung: Wir sterben, wir sterben, wir sterben.

Unsere alte Freundin taucht mitten in der Nacht auf, unangekündigt. Unsere unruhigen Augäpfel zucken hinter unseren Augenlidern hin und her, die dünn sind wie die Flügel eines Schmetterlings. Es spielt keine Rolle, ob unser Bettzeug, in das wir uns nach unseren Tagen im globalen Management, in Technologie-Unternehmen und der akademischen Welt kuscheln, eine

Fadendichte von siebenhundert hat und aus ägyptischer Baumwolle ist. Oder ob wir unsere Bettdecken für 29,99 Dollar (Schnäppchen!) bei Kmart gekauft haben, nach der Arbeit im Büro, in Restaurants oder als Kindermädchen. Sie in riesigen Tüten in die überfüllte U-Bahn und nach Hause geschleppt haben, wo uns leere Kühlschränke erwarteten. Es spielt keine Rolle, ob wir im Bett neben Fremden liegen, die wir am Abend vorher kennengelernt haben – uns gefiel, wie sie uns ansahen –, oder ob wir angeschmiegt an Menschen schlafen, die wir kennen, seit wir achtzehn sind, und neben denen wir zehn, zwanzig, dreißig Jahre später aufwachten und feststellten, dass wir uns in sie verliebt haben.

Ach Scheiße, murmeln wir, und schlafen wieder ein.

Sie kommt, wenn wir erschöpft dösen, Kinderbücher schief in den Schoß gerutscht, unsere Töchter an uns gekuschelt. Gute Nacht, Mond, hatten wir vorgelesen, gute Nacht, Stuhl, gute Nacht, roter Ballon.

Sie kommt zu uns, während wir auf breiten Doppelbetten ausgestreckt schlafen, mit seidenen Masken über unseren Augäpfeln, so, wie wir es mögen: allein.

Die Umstände, das Wer, Was, Wann und Wo unseres Schlafs spielen keine Rolle: Sie begegnet uns in unseren Träumen. Ein Zustand, in dem wir gleichzeitig lebendig und tot sind.

In den Träumen finden wir uns auf heruntergekommenen Handballplätzen wieder, auf den Schulhöfen von Middle Schools, die an einen Strand tief im miesen Teil von Queens grenzen. Ein Ort, an dem Möwen über Maschendrahtzäunen kreischen und der muffige Geruch des Atlantiks in der Luft liegt. Uns umgibt das Geschrei unserer Mitschüler*innen. Als wir an uns hinunterschauen, stellen wir fest, dass wir gerade unser zwölfjähriges Ich sind: krauses Haar, ein offener Schnürsenkel, Hautausschlag am Hals. Unser Lachen ist hell und grausam.

Als wir sie in ihrer baumwollenen Sportuniform sehen, rufen wir ihren Namen.

Trish!, sagen wir.

Trish steht vor uns, noch nicht tot und begraben und weg, und sieht aus wie damals, als wir ihr zum ersten Mal begegneten: mit seitlichem Pferdeschwanz und diesem neugierigen Blick.

Nehmt euch in Acht, ihr Wichser.

Die Erinnerung war immer da, wird uns klar.

Wir haben sie seit Jahrzehnten nicht mehr gesehen. Wir dachten, wir hätten ihr Gesicht vergessen.

Aber der Kopf vergisst nicht, er legt nur beiseite.

Was du alles geschafft hast! Trish umarmt uns. *Du bist jetzt eine Krankenschwester, eine Lehrerin, eine Künstlerin. Eine verheiratete Frau, eine Mutter. Eine so richtig erwachsene Frau. Alles, was ich nie werden konnte.*

Ein merkwürdiges Gefühl durchströmt uns. Schuldgefühle, dann Angst.

Aber wer bist du jetzt?, fragt sie.

Trish nimmt unsere Hand. Sie ist jetzt auf einmal eine junge Frau. Die Perlen auf ihrem schwarzen Kleid schimmern im Sonnenlicht.

Warum besuchst du mich nicht mehr?, fragt sie.

Wach auf! Unsere Wecker klingeln – *ring ring ring!* – und kündigen den Beginn eines neuen Tages an. Tränen fließen aus unseren noch geschlossenen Augen.

Ihr Gesicht sah *genau so* aus, wie ich es in Erinnerung hatte, erzählen wir unseren Partner*innen, unseren Katzen, unseren Mitbewohner*innen, die in der WG-Küche ihren verbrannten Kaffee umrühren. Oder wir erzählen es überhaupt niemandem. Einige von uns aber schreiben sich, weil wir sie nicht aus dem Kopf bekommen, Nachrichten.

Lange nichts voneinander gehört, schreiben wir, *aber ich hatte einen extrem verrückten Traum.*

Einige von uns wachen nicht auf.

Im Jenseits befinden wir uns an einem Ort, der dem Weltraum ähnelt: seiner Weite und Ausdehnung, seiner eisigen Kälte und seinen Lichtblitzen. Wir werden zu explodierenden Sternen. Wir vergehen. Aus unseren zersetzten Körpern sprießen unsere Lieblingspflanzen: Efeutute, duftende Magnolienbäume und Blüten, deren Namen wir nie gelernt haben. Im Jenseits befinden wir uns auf Wolken. Nicht auf Wolken, die sich in der Atmosphäre bilden und die Erde umhüllen – nein, wir schweben auf digitalen Wolken. Schau: hochgeladene Bilder unserer lächelnden Gesichter, jeder Artikel, den wir je bestellt haben, jede egale Frage, die wir diesem allwissenden Wesen gestellt haben: unseren Suchmaschinen. Wir bestehen fort an seltsamen Orten, die den Himmeln ähneln, die in heiligen Texten beschrieben werden, den Bibeln, Koranen und Sutras unserer Eltern. Orte, an denen, wenn wir uns in die Hand schneiden, kaum Blut austritt. Als wir der Schöpferin begegnen, fühlen wir uns wie winzige Staubkörnchen. Als wir blinzeln, ist Sie weg, und wir sind wieder von Dunkelheit umgeben. Wir stellen fest, dass wir jetzt ein Gewässer in einer Höhle sind, schwarz und undurchdringlich tief, die durchscheinenden Zwiebelschalen, die an den Händen unserer erwachsenen Töchter und Enkelinnen kleben. Wir sind die Wirbel der gekrümmten Wirbelsäule unserer Großeltern, deren Hände Staub von Tomaten wischen, die an den unwahrscheinlichsten Stellen wachsen. Wir sind der knorrige Baum in unserem Viertel. Der, an dem wir als Kinder einst vorbeigeradelt sind. Über unseren Köpfen dröhnen die Flugzeuge hinweg über den miesen Teil von Queens. Sie heben ab oder landen. Wir erkennen nicht, welches von beidem.

Wir sterben, wir sterben, wir sterben.

Aber sei getrost: Wir leben auch weiter.

Wir erschrecken uns, als uns der Tod begegnet. Der Tod ist ein Schauern, ein Frösteln, eine Hand, die in unsere Organe greift und fest zudrückt. Einige von uns klammern sich, verständlicherweise, ans Leben. Hätte ich doch nur, ich wünschte, ich hätte – wir gewinnen nicht. Der Tod kommt auf einem flammenden Wagen, beim Schwimmen im Atlantik, er kommt mitten in der Nacht, in einem Traum. Der Tod klingt wie ein Windspiel und ein Krächzen und ein leises Pfeifen. Er riecht wie schweißige Turnschuhe und Chanel No. 5, und er schmeckt wie von Kieseln am Grund der Loire gereinigtes Wasser, kalt und überraschend, beunruhigend, fade. Er schmeckt wie Scheiße. Er schmeckt wie das Beste, was wir je gekostet haben – ich schwör's beim Grab meiner Mutter. *Jetzt halt endlich die Klappe!*, sagt der Tod in der Verkörperung unserer alten Freundin. Trish nimmt uns bei der Hand. Gut, sagen wir. Wir sind bereit. Gehen wir.

DANK

Ich bin den vielen Menschen dankbar, die diesem Debüt zum Leben verholfen haben.

Danke, Jin Auh, für deine Beratung, deine Direktheit, und dafür, dass du eine leidenschaftliche Fürsprecherin bist. Danke, Elizabeth Pratt, dass du unentbehrlich warst – ich bin euch beiden zu Dank verpflichtet für euren Glauben an meine Arbeit, der entscheidend war.

Ein großer Dank an Sarah Watling, Charles Buchan, Sarah Chalfant und The Wylie Agency.

Vielen Dank, Marie Pantojan. Deine klugen Fragen und deine Freundlichkeit haben mir geholfen, tiefer in diese Geschichte einzutauchen. Danke, dass du dich für eine Version des Buches stark gemacht hast, die größer war als mein Vorstellungsvermögen.

Vielen Dank, Robin Desser und Andy Ward, dass ihr mir eine Chance gegeben habt. Danke, Anna Kochman, June Park und der Abteilung für die Buchgestaltung, die ein Cover entworfen hat, das nicht nur schön ist, sondern auch wunderbar zu diesem Buch passt.

Vielen Dank, Avideh Bashirrad, Jennifer Rodriguez, Jo Ann Metsch, Kathleen Baldonado Reed, Deborah

Bader, Edith Baltazar und dem gesamten Team von Random House – der Produktion, der Lizenzabteilung, dem Marketing, der Werbung, dem Vertrieb und anderen Abteilungen – für die harte Arbeit und das große Engagement.

Ich danke meinen Verleger*innen im Ausland, die der Meinung waren, dass diese Geschichte aus Queens es verdient, einer internationalen Leser*innenschaft zugänglich gemacht zu werden: 4th Estate Books in Großbritannien, Luchterhand in Deutschland und Les Escales in Frankreich (bis jetzt) – vielen Dank an die dortigen Teams. Ein besonderer Dank geht an Kishani Widyaratna.

Viele Organisationen haben mich im Laufe der Jahre unterstützt. Vielen Dank an das Martha's Vineyard Institute for Creative Writing und Sequoia Nagamatsu für das Voices of Color Fiction Fellowship für einen Auszug aus *Brown Girls*. Vielen Dank an die Edward F. Albee Foundation und das Kimmel Harding Nelson Center for the Arts, wo ich während meiner Schreibstipendien in Ruhe arbeiten konnte. Auf der Sewanee Writers' Conference und der Bread Loaf Writers' Conference habe ich wunderbare Menschen getroffen und Freund*innenschaften fürs Leben geschlossen. Ein großes Dankeschön an die *Kenyon Review* für die Veröffentlichung eines Auszugs aus *Brown Girls* und an Mia Alvar, eine meiner Lieblingsautorinnen, die meinem Text beim Short Fiction Contest zum Siegertext kürte.

Ich bin Nancy Drescher von The Family Annex dankbar, Edit L. bei Jadis und meinen Kolleginnen hier, für die Unterstützung meiner Arbeit.

Mein tief empfundener Dank gilt meinen Lehrer*innen, insbesondere Elissa Schappell und Paul Beatty. Elissa, dein Unterricht hat mein Leben verändert und mir den Mut und die Freiheit gegeben, derer es bedurfte, um dieses Projekt zu beginnen. Paul, du hattest hohe Maßstäbe und hast mich angetrieben, das Buch fertigzustellen. Ich danke euch beiden für eure Großzügigkeit und Unnachgiebigkeit. Danke an Lara Vapnyar, Deborah Eisenberg und Karan Mahajan, dass ihr so tolle Lehrerinnen wart. Vielen Dank an den MFA-Studiengang Literarisches Schreiben der Columbia University und an meine Kommiliton*innen, die dieses Projekt maßgeblich geprägt haben.

Grace Schulman und Ely Shipley, ich danke euch für die ersten Sitzungen über Lyrik am CUNY Baruch College, die mir immer in Erinnerung geblieben sind.

Ich danke Shoshana Akabas, Karishma Jobanputra, Kaylen Baker, Morgan Thomas und Krystel Gumpeng, die die ersten Versionen mit größter Sorgfalt, Geduld und Klugheit gelesen haben. Danke, Keira Graham, Christine Sicwaten, Naomi Brouard und Blanche Palasi, dass ich euch vor Jahren interviewen durfte. Danke, Aileen Gumpeng, Justin Cuyan, 'Pemi Aguda, Josha, Jay, Nathan und den vielen hier nicht aufgeführten Freund*innen.

Ein großes Dankeschön an die Andreades und Grishams für großartige Gespräche und für eure Liebe und unermüdliche Unterstützung im Laufe der Jahre.

Mehrere Autor*innen, darunter Crystal Hana Kim, haben mit mir großzügig ihr Wissen und ihre Zeit geteilt, und dafür bin ich ihnen dankbar.

Viel Liebe und Dank an meine Familie in Queens und Long Island – meine Tanten, Onkel, Cousinen und Cousins und Großeltern. Eure Leben und Lebenswege erstaunen mich immer wieder, erfüllen mich mit Stolz und inspirieren mich. Vielen Dank auch an meine Lieben auf den Philippinen.

Ich danke dir, Jamison Galt, und meiner Gemeinde RCH.

Den vielen Künstler*innen, vor allem Menschen of Color, Frauen, Immigrant*innen, und jegliche Kombination der oben genannten, die vor mir gekommen sind – ich danke euch. Eure Arbeit hat mein Leben verändert und mir gezeigt, dass es möglich, ja sogar notwendig ist, Kunst zu machen. Danke, dass ihr mir und anderen einen Weg geebnet habt.

Ich stehe in der Schuld meiner Eltern, Dario und Catherine Palasi. Danke, Dad, dass du uns vorgelebt hast, wie es aussieht, alle Arten von Menschen zu lieben und willkommen zu heißen. Danke, dass du immer da warst und uns Woche für Woche in die öffentlichen Bibliotheken und Buchläden mitnahmst. Danke, Mama, dass du harte Arbeit, Tatkraft und Bescheidenheit vorgelebt hast. Danke, dass ihr beide viel geopfert habt, um uns ein Leben voller Möglichkeiten zu ermöglichen, und dass ihr mir auf eure Weise beigebracht habt, große Träume zu haben und, was noch wichtiger ist, alles zu geben, um diese Träume zu erreichen.

Danke, Daryl und Blanche, für euren Humor und eure Herzlichkeit, und an Victoria Taclubao, eine der stärksten Menschen, die ich kenne.

Mein größter Dank gilt dir, Thaddaeus Andreades. Für dein Vertrauen in mich und meine Arbeit und dafür, dass du mich immer ermutigt hast weiterzumachen, wenn ich aufgeben wollte. Für deine Güte, deine Kreativität, deine leckeren Mahlzeiten. Deine Liebe und Sorge für uns sind ein Geschenk. Ich bin sehr dankbar, mein Leben mit dir zu teilen.

Danke, Leser*innen.

Danke, Gott.

Die Originalausgabe erschien 2022 unter dem Titel »Brown Girls« bei Random House, New York.

Die Arbeit des Übersetzers am vorliegenden Text wurde vom Deutschen Übersetzerfonds gefördert.

Penguin Random House Verlagsgruppe FSC® N001967

1. Auflage
Copyright © der Originalausgabe 2022
Daphne Palasi Andreades
Copyright © der deutschsprachigen Ausgabe 2024
Luchterhand Literaturverlag, München,
in der Penguin Random House Verlagsgruppe GmbH,
Neumarkter Straße 28, 81673 München
Umschlaggestaltung: buxdesign | München nach einem
Entwurf und unter Verwendung einer Coverillustration
von June Park; Covermotive der Coverillustration: Ehren
Joseph Studio/Getty Images (globe), Busà Photography/
Getty Images (row houses), horstgerlach/Getty Images
(New York skyline)
Satz: Uhl + Massopust, Aalen
Druck und Einband: GGP Media GmbH, Pößneck
Printed in Germany
ISBN 978-3-630-87677-1

www.luchterhand-literaturverlag.de
facebook.com/luchterhandverlag